TO

時をかけたいオジさん

板橋雅弘

TO文庫

時をかけたいオジさん

昭和の少年少女をわくわくさせてくれた
日本のＳＦジュブナイル小説、映像作品に感謝を込めて

1

「王手」

敵や味方の駒で窮屈そうにしている彰比古《あきひこ》の王将の前に、歩が張られた。

詰み。二手前からわかっていた。わかってはいたが、意地になって指していただけだ。

向かいで長い足の片方で立膝をつくっている光児が、偉そうに促してきた。

「参りました、は？」

彰比古は仕方なく、首をひょこっと傾けた。

「よろしい。弱くなったね」

言い返しかけて、やめた。かわりに、内心でぼやく。弱くなってはいない。1ミリも進歩していないだけだ。光児以外と将棋は指さない。話題にもしない。どんなに暇な日曜でも、将棋番組を見たりはしない。うまくなる道理がない。

だがそれは、光児も同じなのはわかっている。友だちと将棋を指しているとは思えない。なのに、ここのところ、自分の負けが込んでいる。理由は簡単だ。光児は彰比古より30歳若い。まだ16歳だ。脳細胞が勝手に活発な活動をおこなって、シナプスだかなんだかをにょきにょきと伸ばし、複雑にのたくり絡み合い、記憶を溜め込み、思考を進化させている。努力せずとも、ヘボ将棋のレベルでなら腕は上がる。

こちらはどうだ。とっくにオジさんだ。オッサンだ。オヤジだ。若い子には負けるわ。脳細胞は日々死滅し、孤立した最前線の兵士みたいで、補給はされずに疲弊していくばかり。顔はわかるのに、名前の出てこない知り合いが増える。それ以前に、新しいアイドルなんて顔の見分けもつかない。

将棋の駒を片づけると、光児はぬっと立ち上がった。

長い。横幅が出来上がっていないので大きくはないが、身長はすでに彰比古を抜いている。そういえば、自分も父親の背丈を抜いたのは高校のときだった。

「パパさん、腹減った。カレーないの」

「つくってない」

光児は彰比古の息子だ。顔の造作も、似ている部分がある。くせっ毛のところ、鼻の穴が大きいところ、下唇が赤いところ、その他。だから親子だとはわかる。しかし違いも大きい。まず顔の大きさ。彰比古の顔は、長年蓄積した脂肪で固太りしている。顎もなくなりつつある。光児の顔は脂肪のぶんを抜いても、骨格からしてちいさく、顎は尖っている。肌艶もいい。ニキビはあるが、そいつは青春のシンボルだ。オジさんにできたら、間違いなく吹き出物呼ばわりされる。

「なにが食いたい」

「焼肉」

手間のかかる彰比古得意のカレーを作り置きしていないときの、いつもの答えが返ってきた。彰比古も立ち上がり、外出の支度を始めながらぼやいた。

「また焼肉かあ」

「べつに上カルビじゃなくて、普通のカルビでいいよ」

「そういう問題もあるが、そういう問題ではないのだ」

「パパさんはキムチとナムルとサンチュを食べればいいじゃない」

「愚か者め、焼肉屋の野菜類は割高なんだよ。それと、パパさんと呼ぶの、なんとかならないか。フィリピンパブにいるみたいで、どうも落ち着かない」

「そんなとこ、行くんだ。独身だもんね」

「行かない。こっちのことより」

光児はしまった、という顔になった。光児の焼肉並みに定番化しているセリフを、彰比古は口にした。

「カノジョはできたのか」

「できないよ」

がくっとおおげさに肩を落としてみせたとき、彰比古の携帯電話が鳴った。

「ちょっと、いいか」

光児を待たせて、電話に出た。

「はい、西東《さいとう》です」

「伊勢だけど」

高校時代の同級生だった。同じクラスで、同じ部活で、仲もよかった。光児の母親との結婚式にも呼んだ。最近はあまり会わなくなったが、ときおり連絡を寄越してくる。

「おう、イセコー。どうした、元気か」

伊勢光太郎だから、イセコー。高校時代のあだ名が、自然と出てくる。彰比古は変わっている苗字を逆さまにされて、トーザイと呼ばれていた。昔のことは忘れないし、いい歳になってもいまさら変えない。

「ぼくは相変わらずだ」

そう告げた後、イセコーは間を置いた。ほんの短い沈黙だったが、彰比古の身を正させるなにかがあった。

「ウータンなんだが」

大久保嗣人《ひでと》。名前とは関係なく、ぬぼーっとした風貌と人柄から、ウータンと呼ばれていた。忘れるはずはなかった。いろいろあって、卒業後はまったく顔を合わせていないが、やはり同じクラスと部活で、イセコーと3人でバンドを組んでいた。

「亡くなった」

「えっ」

「詳しくはわからないが、自死だそうだ」

イセコーは通夜と葬儀の日取りと場所を知らせてくれた。彰比古は少し考えてから、2日後の通夜にふたりで出席することを約束して、電話を切った。

「だれか死んだの」

すっかり食欲を失っている彰比古に、光児はのんきにたずねてきた。仕方ない。16歳にとって、死ははるか遠くにある見えないゴールだ。46歳には違う。死ぬにはまだ早いが、うっすらとだがそのゴールらしきものが老眼の始まった視界に入ってきている。

「友だちだ」

短く答え、玄関に向かった。ドアを開けると、熱風が吹き込んできた。夕暮れだというのに、最近の夏の暑さは容赦がない。

うしろをついてくる光児に、彰比古は提案した。

「素麺か冷麦にしないか」

「焼肉屋にも、冷麺がある」

若い胃袋には勝てない。観念するしかない。本日は息子につきあう。ジムは休みだ。そのかわり、夜は近くの公園を走ろう。

彰比古はそっと腹をつまんでみた。余分な肉の厚さが、少しは減っているような気がした。夏バテによる食欲減退のためではない。トレーニングの成果である。

2

久し振りに履いた礼服のズボンは、ウェストがゆるかった。これから通夜だということを彰比古は一瞬忘れて、顔をほころばせてしまった。

洗面所へ行き、鏡を覗く。

46歳のオジさん、がいた。

皮膚のたるみのせいで、昔よりタレ目になった。瞳もちいさくなったようだ。いつのまにかできた鼻の脇のほくろが、これまたいつのまにか大きくなっている。

なにより、白髪。もみあげのあたりは、かなり白い。前髪も白い。頭頂部も白いものが多い。後頭部も黒くはない。つまり、頭髪全体が白髪化してきている。それもロマンスグレイより、ごま塩のほうが現実を現す言葉として正しいようだ。

頭髪だけではない。目をこすってよく見れば、鼻毛にも白いものが混ざっている。

鼻白髪なんて、想像もしなかった。巧妙なスパイみたいに、老いは見過ごしがちな細部から忍び込んでくる。髭は当然だ。白いのが、ちらほら。眉毛はまだ黒いが、かわりに長く伸びるのが速くなっている気がする。さらには、耳毛。そんなものは若い頃は生えていなかったが、最近は油断しているとカールしながら耳の穴から顔を出している。まだ左右それぞれ一本二本だが、いずれ抜くのも面倒なほど、もじゃもじゃになってしまうのだろうか。

まず、髭を剃る。それから刃先の丸くなった小型のハサミで、彰比古は眉毛を揃え、鼻毛を切った。耳毛も慎重に抜いた。

彰比古は視線を落とした。

ゆるいズボンの隙間から、なかを覗き込むようにして考えた。陰毛にも、白いものは混じっている。初めて気づいたときは、毛が生えてきたことに気づいたとき以上にうろたえた。降参の白旗に思えた。わたしが守ってきた大砲では、もう闘えません。さいわい、たいして増えてはいないこともあって、まだ抜いたことはない。抜いておくべきか。

真剣に迷ったが、やめた。

なにを考えているのだ。これから、通夜なのだ。ウータンが死んでしまったのだ。喧嘩していたわけではないが、どこか和解できなかったという悔いがある。いつか偶然ばったり会って、そのまま飲みに行ってわだかまりなく昔話をできる日が来ると、根拠もなく思っていた。待っていても、そんな日は来なかった。もう、来ない。

ウータンはなぜ、自ら死を選んだのだろう。あのことを、いまもまだ心に抱えていたのだろうか。

彰比古はもう一度、鏡のなかの自分を見た。さっきよりわずかに整えられたとはいえ、あまり魅力のある顔ではなかった。

「白髪のせいだ。そういうことにする」

彰比古は行きつけの美容室に電話を入れ、カットとカラーの予約を入れた。

気温が一番高くなる時刻が過ぎてから、着替えの私服を入れたバッグを肩から提げ、彰比古は部屋を出た。かなり前から、平日だが、2日前から夏休みと有給休暇を合わせた、長い休みを取っていた。そのために仕事のスケジュールを調整していた。だからといって、どこかへ旅行に出る予定はなかった。明日以降のことは、白紙だった。もしかしたら、ただ部屋で寝て過ごすことになるかもしれない。

待ち合わせた駅の改札に、イセコーは先に来ていた。こざっぱりとした彰比古の頭を見て、イセコーは自分の髪を撫でた。白髪はそれほど目立ってはいないが、かわりに生え際がかなり後退していた。

「ぼくも切ってくればよかった」

「それ以上、減らすことはない」

たまに会っているといっても、イセコーとは1年以上ぶりだった。それでも会えばすぐ、高校生のときのような軽口が叩ける。本当はウータンともそんな仲のまま、年を取っていくこともできたはずだった。

並んで、通夜の斎場へ向かった。蝉の鳴き声がうるさい夕暮れだった。

「ウータンとは会っていたんだよな」

「ほんのたまに。最後に会ったのは、3年前になるかな。仕事も家庭も、あまりうまくいっていないようだった」

「離婚しなかっただけ、ましだよ」

「結婚もできない人間もいるからな」

「イセコーはできないんじゃなくて、しないんだろ」

「この頭になると、できないのほうが正しい」

通夜の葬列者は、思ったよりも多かった。どこかほっとすると同時に、たぶんこれが、まだ若いと言われるうちに死ぬということなのだろうと思った。遺族に一礼するのが、辛かった。ふたりの子供はまだ小学生のようだし、奥さんは三十代に見えた。

遺影のウータンは、覚えているウータンよりずっと大人びていた。それでも、ウータンと呼ばれていた名残はあった。少し気弱で、愛嬌があって、そのくせ頑固そうな顔。

手を合わせ、心のなかで語りかけた。

ウータン、もう少し年を取って時間ができたら、また一緒に演奏したかったな。それだけだった。もっと多くの思いがあったが、手を合わせているあいだには出てこなかった。

イセコーと話し、少しだけ精進落としの席に出ることにした。

端のテーブルに着いて、ビールでそっと献杯した。仕事の関係者が多いのか、彰比古がざっと視線を走らせたなかに、知っている顔は見当たらなかった。自死ということもあり、イセコーもクラスや部活の仲間にあまり連絡はしなかったそうだ。

「西東くんと伊勢くんでしょ。久し振り」

突然、声をかけられて振り向くと、たしかに見覚えのある顔が立っていた。

黒森真唯《くろもりまい》。

三十年ぶりだが、間違いなかった。高校のときから大人びた顔つきをしていたせいか、ぱっと見た印象がそのままだった。彰比古は高校生のときとまったく同じ感想を持った。あまりいい印象ではない。

異界の魔女。

年を取ったぶん、魔女らしさは増していた。妖艶な魔女だ。

実際、彰比古にとって黒森は、魔女のような存在だった。ウータンに呪いをかけ、それを解くのを手伝った彰比古とのあいだに亀裂をつくった。高校のあいだは足で跨げるほどちいさな亀裂だったが、卒業してふたりを繋いでいた足場がなくなると、亀裂は広がり、気がつけば広い溝になって互いの声が届かなくなってしまっていた。

「あたしが大久保くんのお通夜に来ては、いけない？」

魔女だけに、黒森は人の心を読むのに長けていた。誘いもしないのに、黒森は彰比古の横に座った。当然のようにグラスを持ったので、イセコーがビールを注いだ。

「いまでも、ウータンとつきあいがあったのか」

注がれたビールを一息に飲み干し、黒森は首を横に振った。

「いいえ、あたしはずっと遠いところにいたの。戻ったので連絡してみたら、ちょうど亡くなったところだった。驚いたわ」

「宇宙パワーのお導きかい」

彰比古の嫌味に、黒森の目尻がぴりっと引き攣《つ》ったが、答えは素気ないものだった。

「よく覚えてるわね。でも、どうかしら」

黒森はひろげた手のひらを、イセコーの頭にかざしかけて、やめた。

「宇宙パワーで、伊勢くんの髪の毛を増やしてあげたいけど。捨てたわ。生徒会長にもなれない程度の微弱なパワーなんて」

イセコーは困惑しながらも笑おうとしていたが、彰比古は不快だった。

「行こう、イセコー」

席を立つと、イセコーも続いた。そのまま席から離れようとする彰比古の背中を、黒森が呼び止めた。

「そういえば、時岡留子は元気にしてる？」

彰比古の足が止まった。動揺を抑えてから、ゆっくり振り向いた。

「三十年、会ってないよ」

嘘ではなかった。

黒森は、手酌でビールを注ぎながらうなずいた。

「そうなんだ。まだ、会ってないんだ」

I

世界を赤く染め上げて、坂の向こうに沈もうとする太陽が、彰比古の目にはいつもより大きく見えた。

夏。だから、なんだというんだ。四季のうちのひとつに過ぎない。春のあとには、夏が来る。この国の自然のサイクルだ。春夏秋冬が一巡りして、ひとはひとつ年を取る。死ぬまで、その繰り返しがつづく。

16回目の夏を迎えた彰比古は、胸から突き上げてくるような焦燥感を抱えて、自転車のペダルを漕いでいた。いくらか涼しくなる時刻とはいえ、背中は汗でぐっしょりと濡れていた。喉は逆にからっからに乾いていた。足には疲労物質が溜まりきっているに違いない。それでも、左右にぶれる自転車をなんとか前に進めた。

坂を上りきるまでは。

理由などなく、そう決めた。

彰比古の好きな坂だった。丘陵を切り開いて造成された一帯のなかでも、いちばん勾配がきつい坂だった。五段変速の自転車をいちばん軽い一段に切り替えて、それでも上りきれるかどうかの坂だった。

片側一車線がゆったり取られ、歩道も確保された広い坂だったが、自動車が通ることはなかった。人通りもほぼ皆無だった。

この坂の向こうは、どこにも通じていないからだった。

正式な名前は知らない。みんなはこの坂を「異次元坂」と呼んでいた。坂道はいったん上りきり、下りきったところで突然無くなっていた。通行を阻むガードレールの先に道はなく、荒れた畑になっていた。ガードレールのこちらとあちらで、あまりに風景が違っているため、この名前がついた。坂の頂上から全速力でガードレールに激突すると、異次元へ行ってしまうなんて子供じみた噂もあった。実際は、用地買収が進まないまま放置されているらしいが、そんなつまらない説明は彰比古の知ったことではなかった。

ふくらはぎの痙攣をこらえて、彰比古は坂を上りきった。

ペダルを漕ぐのをやめ、片足を路面につけた。

頭がくらくらしていた。息はハアハアしていた。足はビクビクしていた。自分を痛めつけた満足感はあったが、虚しさが消せたわけではなかった。

「ドキドキがほしいっ！」

彰比古は苦しげに叫んだ。胸はドキドキしていたが、意味が違った。

そのまま地面に倒れ込もうとしたときだった。

坂を下りきったところ、ガードレールの手前あたりが、ゆらゆらと揺れているのに気づいた。最初は逃げ水かと思ったが、違った。揺れていたうしろの畑がぐにゃりと歪み、渦を巻きだした。と思うと、渦の中心にぽこっと穴が開いた。そして穴から暗黒が溢れてきた。

目がおかしい。無理な運動をしたせいかな。脳の血液が足りてないせいで、視野に穴が開いたのかもしれない。

彰比古はうしろを振り返った。そちらの風景に変わりはなかった。

正面に向き直ると、暗黒は溢れつづけていた。暗黒は、彰比古の胸に広がっているものと似ていた。もしかして、自分のやり場のない煩悶《はんもん》が、空間に穴を開けてしまったのだろうか。それとも、風景のなかに心象を映像化しているのか。

いつもの彰比古ならば、ただ茫然とその場に立ち竦んでいただろう。あるいは自転車を引きずって、坂を来たほうへと逃げ出していたかもしれない。

そのときの彰比古は、暑いばかりでなにも起きない夏に、おかしくなりかけていた。噂を信じたわけではないが、異次元でもどこでも行ってやりたくなった。

彰比古は地面から足を離し、ペダルに載せた。

「うぉぉぉぉ！」

蝉の合唱を黙らせるような雄叫びを上げると、そのまま坂を下り始めた。

暗黒めざして。

ペダルを踏まなくても、自転車はどんどん速度を上げていった。

暗黒は立体化し、球形になった。

自転車はその暗黒に吸い込まれるように、坂を落ちていく。

暗黒の球体がふくらんでいく。

彰比古はブレーキに手をかけた。

球体が破裂した。

暗黒があたりに飛び散る。

それを避けようとして、彰比古は自転車を横倒しにした。

彰比古自身も路面に投げ出された。肩から腰にかけて、衝撃が走った。これはかなり痛いな、とまだ痛みを感じる前の脳で思った。そのまま坂を転がりながら、意識が遠のいていった。

一瞬か、長くても数秒後、彰比古は呻いていた。

「痛ぇぇぇぇぇぇぇぇぇ」

全身がズキズキした。違う、ズキンズキンしていた。口のなかに血の味がする。きっと切り傷だらけだ。それで済めばいいが、どこか骨折していても不思議ではない。それぐらいの衝撃だったし、痛みだ。もしかしたら、頭が割れているかもしれない。

そういえば、目が見えない。目玉が潰れたのか、ぼく。

「痛くない、痛くない、男の子なら我慢、我慢」

声がして、目を開いた。見えた。いままで目を閉じたままだから、なにも見えなかったようだ。

倒れた彰比古のほぼ真上に、ひとが立っていた。少女だった。

また彰比古に衝撃が走った。異次元の衝撃だった。胸を直撃された。

ドキドキ。

待っていたものが、やってきた。こんなシチュエーションなのに、彰比古は目の前、いや目の上の少女に一瞬で恋をしてしまっていたのだった。

手が差し伸べられた。

「立って」

恐る恐る、彰比古はその手を掴んだ。濡れていた。

「よっこらせ」

乱暴に引っ張りあげられた。腕の付け根がものすごく痛かった。それでも歪んだ笑顔をつくって、彰比古はなんとか立ち上がった。

通り雨のあとみたいに、少女は全身びしょ濡れだった。夕日が水滴に反射して、まぶしかった。それまで彰比古に好みの女性のタイプなんてなかったが、まさにいま現出していた。

「ふうん、あれがこうなるか。じゃなくて、これがああなったのか」

意味不明の言葉の響きすら、素敵だった。彰比古は思い出した。そういえば、暗黒の球はどうなったんだ。あたりを見まわしたが、変わった様子はなかった。黒いものなどどこにも落ちていなかったし、荒れた畑は荒れた畑のままだった。もちろん、雨が降った様子もない。

「どうかした」

「いや、たしかこのへんで真っ黒い球が破裂したと思うんだけど」

少女はおざなりに周囲に目をやってから、向き直った。

「頭、打った？」

「打ったかも」

「病院、行ったほうがいいよ。脳波測定と眼底検査」

「考えておく。それはともかく、なんでびしょ濡れなの」

「暑いから、水浴びしてきた」

少女は坂を上り始めた。彰比古は慌てて自転車を起こし、曲がったハンドルを、前輪を股に挟んで直した。

「ちょっと、待って」

自転車を引いて、追いかける。

「ぼく、西東彰比古」

「いきなり自己紹介なんて、積極的だったんじゃない」

彰比古に向かってというより、独り言のような返事だった。

「きみの名前、聞いてもいいかな」

「時岡留子《ときおかるこ》」

彰比古は坂の下を振り返った。

「なんで、あんなとこにいたの」

「ニュータウン見学」

「ということは、よそから来たんだ」

「オジさん、質問ばかりでうるさい」

時岡留子はぶるっとからだを振った。水滴が飛び散り、彰比古の火照ったからだに何滴かかかった。

「オジさんって、時岡さんとぼく、年変わらないと思うけど」

「ああ、そうだった。あたしのことは留子でいいから」

坂の上まで来た。

「うしろに乗せて」

言いながら、留子は自転車の荷台を叩いた。彰比古がサドルに跨ると、すぐに荷台に跨り、彰比古のからだに腕をまわしてきた。

ずっと続いていた彰比古のドキドキが、耳の奥で爆音のように鳴り響いた。

「質問は、もうなし。すぐにまた会えるから」

「わかった」

彰比古は自転車を漕ぎだした。最初の街灯がともった。夕暮れが終わろうとしていた。ツクツクボウシが一度だけ、鳴いた。

「飛ばして」

自転車は異次元坂を街のほうへと駆け下っていった。

3

ざわついた空気に目覚めると、電車は終点に着いていた。

車両から降りていく人たちの最後に、彰比古も席を立った。ふらり、とからだがよろけた。頭の芯がぼんやりして、側頭部が重だるく痛んでいた。

酔った。したたか、酔ってしまった。酔えば、酔うとき、酔った。

心のなかでつぶやいたつもりが、少し言葉になって漏れてしまった。酔っている証拠だ。と同時に、そのことに気づいたのだから、正気もまだ残っている証拠だ。

彰比古は立ち止まって、ホームの駅名表示板を見た。

うしろから来た若い女性が、おおげさに避けていった。傍から見れば、あからさまな酔っ払いオヤジだった。

彰比古は満足げにうなずいた。酔って眠りこけてしまったが、きちんと目的の駅で降りることはできていた。終点だから、当たり前か。いやいや、引き返して反対の終点まで行ってしまったなんて話もよく聞く。それよりは、ずっとマシだ。

安心したせいか、無意識に首のネクタイをゆるめた。ゆるめて、自分が通夜帰りだと思い出した。ハッとして両手を見た。なにも持っていないと慌てかけたが、バッグは肩からかけていた。今度はホッとしかけて、香典返しの袋を置き忘れたことに気づいた。取りに行きかけたとき、車内点検をしていたらしい駅員が駆けてきて、袋を渡してくれた。

「はい、忘れ物です」

「どうも」

「お気をつけて。おやすみなさい」

服装で、彰比古のものとわかったのだろう。

精進落としの席のあと、彰比古はイセコーとふたりで居酒屋に寄った。ウータンを偲んでいるうちに、飲み過ぎた。珍しくイセコーが速いピッチで飲んだ。彰比古もそれに合わせた。ふだんは酒より肴というタイプだが、このあとを考えるとせっかくダイエットで少しは引っ込めた腹に、つまらないものを詰めたくはなかった。で、いつになく酔ってしまった。途中で、まずいなとも思ったが、時計を確認するたびに緊張していく自分をほぐすために、いけないとは思いつつ、アルコールを過剰摂取してしまったのだった。

高架になった線路の下につくられた、コンクリート打ちっぱなしの駅は記憶のままだった。駅前のロータリーは、バス停とタクシー乗り場を兼ねている。これも、そのままだ。夜が更けているせいか、駅の大きさのわりに周囲のネオンの数は少ない。どこか無機質な印象が、彰比古には懐かしかった。

彰比古がこの街に越してきたのは、12歳のときだった。第一印象は、宇宙人が出そうな街。お化けでは、決してない。怪獣でもない。宇宙人だ。

三十年前のこの街は、まさにニュータウンだった。都心西部の丘陵を大規模開発して、集合住宅と一戸建てを次々と建設して完成しつつある街だった。建築物だけでなく、緑地も池もすべてが人工的だった。少年の目には、未来を向いているように見えた。そこにお化けの居場所はない。いるとすれば、宇宙人だ。彰比古自身、宇宙人になったような気分を味わったものだった。

いまにして思えば、過去に繋がる歴史がなかったのだ。その後、古くからある街に移り住んだ彰比古は、またニュータウンに住んでみたいとは思わなかった。彰比古だけではない。イセコーも亡くなったウータンも、この街は離れていた。ニュースなどでは、この街の高齢化と人口減少が問題になっていた。

三十年後のニュータウン。それ自体、矛盾といえば矛盾した存在だ。新しくもない新しい街。それでも、懐かしかった。酔って鈍ったからだにも、甘酸っぱい痛みが湧いてきていた。あらためて緊張も。

ロータリーにあるコンビニエンスストアに入り、トイレを借りた。そこで礼服を私服に着替えた。ポロシャツとジーンズにスニーカー。どれもとくに高価なものではないが、洗濯したてだし、気に入っている服だった、
スポーツドリンクとコーヒー飲料を何本か買った。財布から千円札を出すとき、一緒に紙焼きの写真が一枚出てきた。

店を出てから、あかりの下で写真を眺めた。

16歳の文化祭のときに撮った、思い出の写真だ。4人が写っている。3人は、バンドを組んで文化祭でも演奏した彰比古とイセコーとウータン。あとのひとりは、時岡留子。4人とも、笑っている。それぞれの屈託を抱えていたはずなのに、背後の秋空よりも澄みきった笑顔を見せている。留子は、いま見ても文句なしにかわいい。

時計を確認してから、ゆっくりと歩き始めた。

あと1時間ばかりで、日付が変わる。

永遠かと思われた時間が、過ぎようとしていた。彰比古にとって、待ちに待っていたその日、なのかどうかはわからない。待ちに待つには、約束は曖昧すぎたし、遠すぎた。忘れかけたこともあるし、忘れようとしたこともある。それでも、忘れきれなかった。手帳にメモしたこともないのに、きちんと覚えていた。

だからいま、彰比古はこの街に降り立ち、あの異次元坂に向かって歩いているのだ。

「三十年後の八月の満月の夜、深夜0時に異次元坂に来て」

時岡留子はそう言って、彰比古の前から消えていった。

酔い覚ましのスポーツドリンクを飲みながら、静かな夜の街を抜けた。そして、異次元坂に着いた。

彰比古は坂の上に浮かぶ月を見上げた。

白い満月が輝いていた。まるで、夜空に開いたホワイトホールみたいだった。いまにもなにかが地上めがけて吐き出されてきそうに思えた。

留子がかぐや姫ならば、今夜、月から帰ってくるのだ。いや、かぐや姫でなくても、どこかからまた現れてくれる。そう信じる。信じたい。

坂を上った。あの日、汗まみれになって自転車を漕いだ坂を。

三十年。いろいろあった。彰比古は腹の肉をつまんだ。不摂生をしつづけてきたが、この日のためにスポーツジムに通い、ジョギングをし、ダイエットに励んだ。できる範囲で、一番かっこいい自分で、留子と再会したいからだ。

留子は、変わっただろうか。それは変わらないわけはない。ぼくがオジさんになったように、オバさんになっているだろう。素敵なオバさんであって欲しい、もう一度、ひと目で恋に落ちてしまうような、素敵な年の取り方をしていてくれていたら、うれしい。

束の間の夢想のあと、彰比古は怖くなってきた。

本当に、留子は現れるのだろうか。場所は、思い出の場所だからわかる。だが夜中には、さみしすぎる場所だ。現れても、がっかりするほどオバさんに成り果てていたら、どうしよう。三十年間が粉々に砕け散るような、無残なオバさんになっていても、留子を留子として受け止められるのか。そんな度量の広い人間だろうか。

等間隔で並ぶ街灯に照らされながら、彰比古は坂の頂上まで来た。

坂の下を見下ろす。

異次元坂は異次元坂のままだった。三十年後のいまも、道は突然、ガードレールで途切れていた。それ以上の工事はされなかったのだ。ニュータウンはここで、成長を止めてしまったのだった。

坂を下りようかと迷って、彰比古はその場に座り込んだ。

空になったスポーツドリンクのかわりに、コーヒーの缶を開けた。

記憶に間違いがなければ……。

間違いがない自信はなかった。むしろ、常識的に考えれば間違っているとしか思えなかった。

ちいさな問題はいろいろあるにせよ、彰比古は常識的な人間だった。超常現象の類に興味はあるが、いずれ科学的説明がつく現象だと思っていた。

とすると、留子との出会いのときをどう解釈すればいいのか。異次元坂の下に現れた暗黒の球体。あれを本当に見たのだろうか。球体は破裂して、気づいたときには消えていた。かわりに、留子がいた。これは本当に起こったことなのだろうか。16歳の彰比古は、留子にきちんと問い質すことができなかった。いまとしては、すべてが幻覚とも思える。

コーヒーが空になった。呼気検査をされたら間違いなく「酒気帯び」ではなく「飲酒」認定だろうが、気持ちとしては、酔いは醒めた。

そろそろ、日付が変わる。約束の時間だ。

留子が現れるにしろ、現れないにしろ、ごく個人的な歴史的瞬間の訪れだ。

依然、気まぐれな雲に隠れることなく、白い満月は頭上で笑っていた。彰比古は立ち上がり、坂の下、道の途切れるところに目を凝らした。

満月が揺れた、ように彰比古は感じた。酒の酔いに落ちていくときにも似た、空間が曲がっていく感覚があった。

大きな手が夜の空気ごとあたりを掴んだかのように、坂の下がぐにゃりと歪みだしていた。

やはり、記憶は間違っていなかった。三十年前も、たしかに彰比古はこの光景に出くわしたのだ。いま、同じことが起きている。彰比古は確信した。留子は現れる。

彰比古は坂を下った。

空間が渦を巻き、夜の闇のなかでも黒い、暗黒の球体が出現した。あの日とそっくり同じだ。球体がふくらんでいく。深夜の白昼夢だった。彰比古はかつて、この過程を見ている。彰比古の記憶通り、球体はふくらみ、やがて破裂した。

その瞬間を、彰比古は見逃さなかった。

光ならぬ闇が飛び散り、一時的に彰比古の視力を奪った。それでも彰比古は目をつぶりはしなかった。まばたきもしなかった。

徐々に戻ってきた視力が闇を掻《か》き分けて、球体のあったあたりに視点を結ぶ。

破裂した球体のなかには、だれかが立っていた。

もちろん、留子だ。他にはあり得ない。

満月と街灯に、留子の姿が映し出された。

まさか。

彰比古は何度もまばたきをした。それでも足らず、指で目をこすった。頭を振った。

それから、一歩近づいた。

留子だった。

ただし、想像していた留子ではなかった。彰比古の記憶にあるままの留子だった。

4

夢か、幻か。アルコールのなせる業か。それとも老眼の始まった目がおかしくなったのか。もうひとつ進んで、記憶力の低下している頭がおかしくなったのか。まさか、ニュータウンには不似合いの幽霊？

彰比古は留子をまじまじと見つめた。

留子も彰比古をまじまじと見つめていた。

お互いの不審そうな視線が交錯する。先に言葉を発したのは、留子のほうだった。顔をしかめていた。

「オジさん、臭い」

はじめ、彰比古はなにを言われたのかわからなかった。他にはだれもいないのに、オジさんが自分を指していることすら、気がつくのに数秒かかった。

「汗臭いのはまだ我慢できるけど、すごく酒臭い。離れて」

仕方なく、彰比古は一歩退いた。臭いということは、自覚している以上に酔っているということだ。やはり、黒い球体のあたりから、記憶と現実が混同してしまったのだろうか。しっかりしてくれ、脳みそ。生活習慣で経年劣化した血管が、破裂しない程度に。

頭を振り、目をこすり、頬を叩き、肩をまわし、背筋を伸ばし、腹を引っ込め、その場でジャンプまでして、彰比古は正気を取り戻そうと試みた。だが、留子は消えなかった。魔界の森にでも迷い込んだかのように、留子はあたりを用心深く見まわしていた。

「夜、なのね」

「ああ、深夜。ちょうど日付が変わったところだ。お化けが出るには、少し早い」

「おかしいわ」

留子の言葉に、大きくうなずいた。そうだ、おかしい。絶対におかしい。こんなことがあるはずがない。彰比古は中身の見えない箱に手を差し込むように、おずおずとたずねた。

「もしかして、きみは、時岡留子なのか」

彰比古がいま話しかけている留子は、初めて会った16歳のときのままの姿かたちをしていた。

名前を呼ばれて、留子は目を見開いた。そう、おおげさなこの表情。わざとらしいのに、そこがかわいい。まさに留子だった。胸が高鳴った。でも、本人であるはずはないのだけど。

「なんで、あたしの名前を知ってるの？　オジさん、だれ？」

ただし彰比古は16歳ではなかった。留子が見知らぬオジさんと思っても仕方ない風貌になっていた。

「西東彰比古だ」

名乗れば、なにか反応があると思った。だが予想に反して、留子は難しい顔になっただけだった。

「ヘンな名前」

「きみが留子なら、覚えてるはずだけど」

「まったく、記憶にない」

彰比古はため息を吐いた。留子は鼻をつまんだ。

「だから、酒臭い。酔っ払ってるんでしょ、オジさん。もしかして、言葉巧みに近づいて、痴漢とかしようとしてるの」

「待ってくれ」

このままでは互いの認識のずれが誤解を呼び、事態は悪い方向に行きかねない。彰比古は手のひらを相手に示して、留子を黙らせた。

手にした袋から缶コーヒーを取り出し、プルトップに手をかけてから、もうひと缶出して、留子へ差し出した。

「留子、でいいのかな。きみも飲むか？」

「毒でも入ってるんじゃないでしょうね」

引っこめようとすると、留子は奪うように缶コーヒーを取った。しかしすぐには飲まず、疑わしそうに缶を点検しだした。

「ちょっと、整理させてくれ」

彰比古はコーヒーを口にした。考える。なぜ留子は16歳のままなのだ。黒い球体のなかから現れたし、留子は普通の人間ではなさそうだ。では、何者なのか。名前を知らなかったことと考え合わせると、目の前にいるのは自分が知っている時岡留子ではなく、そのクローンかなにかなのではないか。だとしたら、16歳のままであってもおかしくない。それとも、もっと現実的に留子の娘ということはないか。

留子がたずねてきた。缶コーヒーの裏側をにらんでいる。

「ねぇ、いまっていつ？」

「だから深夜。正確には12時９分」

「じゃなくて、何年何月何日？」

いまを説明するのに、年からいわなければならないとは、あまりいい兆候ではないと思いつつ、彰比古は西暦から答えていった。

カラン。

留子の手にしていた缶コーヒーが、地面に落ちた。

「製造年月日は間違ってないんだ」

慌てた様子で、留子は着ているTシャツの内側から、ブレスレットのようなものを引っ張り出した。銀色で、先端には長方形の黒いプレートが下がっていた。

彰比古には見覚えがあった。16歳の留子が、いつも身に着けていたものだ。

「それ、いつも留子が首から下げていた。でも、先の部分が少し欠けてるみたいだ」

「えっ、嘘」

留子は確認して、頬をひき攣らせた。

「まずいかも。かなり、まずいかも」

慌てた手つきで、留子は黒いプレートを何度も押した。べつになにも起こりはしなかった。

「反応しない。壊れてる」

留子は呆然としていた。巣から落ちた鳥の雛みたいに、なにが起きたかわからず、途方に暮れているのがわかった。迂闊に話しかけられずに彰比古が見守っていると、いまにも泣き出しそうな顔になっていった。

そのうち、ぶつぶつとつぶやきだした。

「どうして、こんなにぶれてしまったの。時間の揺らぎの範囲内とはいえ、誤差が大き過ぎる。こんな事故、滅多に起きないはずだし、復元方法も知らない」

宙をさ迷っていた留子の視線が、彰比古の顔に注がれた。声が大きくなった。

「あたし、このままだと次元の迷子になっちゃう」

留子の腕がポロシャツを乱暴に掴んだ。ぐいと引き寄せられ、下からにらまれた。

16歳の留子は背丈が彰比古より低かった。そうか、16歳のあとけっこう背が伸びたんだな、また縮み始めてるけど、とどうでもいい感想が浮かんだ。

「あたし、三十年後に来ちゃった」

留子の瞳から涙がこぼれた。そのまま留子は泣き出した。汗と酒で臭いはずの胸に顔を埋め、大声で泣いた。

戸惑いながら、そっと留子の背中を抱いた。

留子のつぶやきから、彰比古は想像した。どうやら、ここにいるのはクローンではなく、ホンモノの時岡留子なのではないか。ただしこの留子は、なにかの間違いでこちらが46歳になっている三十年後に来てしまったらしい。

でも、と思い直す。そんなことってあるのか？

あの黒い球体はタイムマシンだっていうのか？　首のプレートが操縦装置？　だったら、16歳のときに出会った16歳の留子は、正しくタイムワープできた留子だっていうのか？　あの留子とこの留子が同じ留子だとしたら、ひとりの人間の運命がタイムワープの結果によって、ふたつに別れてしまったのか？　しかし理論上は知らないが、実際にこの地球の科学技術でタイムマシンなんてつくれるのか？　だったら、留子は宇宙人？　地球人そっくりの宇宙人なんているか？　もしかして、留子は地球人に擬《ぎ》態《たい》しているだけ？

　貧しい科学知識による幼稚な推理が、突拍子もない結論にいきかけて、彰比古は頭を振った。

　留子の16歳のやわらかいからだの感触。これが擬態であるはずがない。擬態なんかにドキドキするもんか。しまった、ドキドキしている。それは46歳としては、決して好ましいことではない。

　そっと、彰比古は留子のからだを離した。

　それで我に返った留子は、さっと飛び退いて彰比古に背中を向けた。べつにこっちが抱きついたわけではないんだけど。少し弁解がましい気持ちになった。

　なるべく、ヘンな含みを持たせないように注意して、たずねた。

「これから、どうするんだい」

　振り返ると、留子は地面に落とした缶コーヒーを、彰比古へ蹴りつけてきた。

「うるさい、酔っ払い。いままでのことはすべて、飲み過ぎたオジさんの見た幻覚だから。さっさとあたしの前から消えて」

「消えろって、来てくれって言ったのはそっちのほうだろ。三十年も待ってたんだぞ。現れるなら、ちゃんと46歳で現れろよ」

彰比古は思わず怒鳴り返してしまった。

5

二日酔い特有の重く淀んだ気分で、彰比古は目覚めた。

おかしな夢を見たようだ。支離滅裂だが、どこか懐かしい夢。詳しくは思い出せない。ウータンが出てきた。イセコーも出てきた。留子も。みんな、16歳だった。自分だけ、46歳だった。

ベッドでまだまぶたは閉じたまま、彰比古は枕元を探った。そこに置いてある目覚まし時計で、時刻を確認しようと思ったのだ。だが、手はなにも掴まなかった。あれ、と思いながら、枕の感触がいつもと違うことに気づいた。

自分の部屋ではない。彰比古は飛び起きた。

寝ているベッドを見る。ひとりだ。そのことに、とりあえずホッとする。だれかが隣に寝ているのではと思ったのだ。だれだ？

留子だ。いなかった。

彰比古がいるのは、ホテルの一室だった。たいして広くはないが、こざっぱりとしている、どこにでもあるビジネスホテルのシングルルームだった。

部屋の窓についたカーテンを少し引くと、いまが夏であることを大声で主張しているような、まぶしい陽射しが差し込んできた。

見下ろすと、すぐ下に見覚えのあるロータリーがあった。そうだった、昨夜は、終電を逃したので、ニュータウンの駅前にあるビジネスホテルに泊まったんだった。

街は、すでに活発に動きだしていた。バスが発着し、人が駅へ向かい、電車が走り出す。いつもなら、駅は違ってもあれに似た光景のなかのひとりとして動いている。うん、世界は平常に動いているようだ。彰比古は安心した。

安心したあとで、不安になった。

世界はともかく、あれまでが夢でなかったら、自分は問題を抱えてしまっている。夜の闇が見せた幻覚であったにしては、記憶は鮮明すぎた。

昨夜、留子と再会したのだ。

幻覚ではないことを再確認するため、受話器を取り、彰比古は内線電話をかけた。

「留子、かい」

不機嫌な声が返ってきた。

「目が覚めても、三十年前に戻ってなかった」

夢ではなかったようだ。留子は、いる。

「そうか、頭が痛いな」

「それは二日酔いでしょ、オジさん」

「46歳であることは認める」

「お腹が空いた」

「三十分後にロビーで待ってる。なにか食べよう」

「1時間後にして。シャワーを浴びたいから。オジさんもシャワー、浴びてよ」

電話は切れた。汗と酒で臭いまま寝てしまった彰比古は、命令通りシャワーを浴びることにした。ついでに加齢臭も洗い流しておかないと。

裸になると、自然と下腹部に目がいった。陰毛に混じった白髪がさみしそうに光っていた。

「見られる心配はなかったんだな。留子が16歳のままじゃ」


昨夜、留子に消えろと言われた彰比古は、悪態を吐いたあと、異次元坂の上まで退散した。そこで待った。酔いのせいかつい腹を立てたが、留子らしい態度だと思い直した。翻弄された日々がよぎり、懐かしささえ覚えた。

そのあいだに思わぬことがあった。

彰比古がひとりで待っていると、一台のクルマが坂を上ってきたのだ。ヘッドライトに彰比古の姿が映し出されると、クルマは止まった。正体をたしかめるかのように、しばらくヘッドライトが浴びせられた。まぶしくて、ドライバーの顔は見えなかった。彰比古が近づこうとすると、クルマは勢いよくバックして坂を下り、下りきったところで乱暴にUターンしてタイヤに不吉な悲鳴を上げさせたあと、排気音を響かせて引き返していった。

異次元坂は、三十年間行き止まりだ。昔と同様、いまだって通るクルマなどないはずだ。なのに、深夜にタイミングよくクルマがやってきた。まるで異常現象を感知して駆けつけたUFOみたいに。

彰比古には、留子のことと関係があるように思えた。

1時間後、ふたりはビジネスホテルを出た。留子は今更のように、彰比古の持つ香典返しの入った紙袋を指さした。

「なに、それ」

「昨日、ウータンのお通夜があったんだ」

「それって、あだ名？」

「そうだ。留子も、そう呼んでた」

「あたし、ウータンなんて知らないし、オジさんも知らないんだってば」

「だけど、ぼくは留子を知ってる。朝飯を食べながら、お互いのことを話そう」

「それは禁じられているの」

乱暴にシャッターを下ろすような、ぴしゃりとした言い方だった。軽くかちんときたが、相手は子供なのだと思い直した。留子を見ていると不思議な感覚に襲われ、自分までが16歳に戻りかけてしまう。オトナの振舞いとして、彰比古はあえて笑ってみせた。

「空腹だと、ひとは不機嫌になる。とくに若いうちは」

三十年後のニュータウンの駅前にふさわしい、やや時代遅れのファミリーレストランが近くにあった。

彰比古はいちばん軽そうなモーニングセットのAを、留子はいちばんボリュームのあるCを注文した。16歳なら、彰比古もCをぺろりとたいらげただろう。二日酔いの46歳には、Aでもやや持て余しそうだった。どだい、食欲というほどのものはなかった。

だからセットについたコーヒーを飲んで、切り出した。オトナ、オトナと自分に言い聞かせて。

「大切な思い出だし、だれかに話したことはないが、禁じられてはいないから話そう」

　留子はナイフとフォークを動かしたまま、顔も上げなかった。

「留子と最初に出会ったのも、異次元坂だった。16歳の夏休みも終わりにさしかかっている頃だった。時刻は夕暮れどき。あのときも、突如できた黒い球体が破裂して、留子が現れた。だから今回も同じことが起きても、一度目ほどは驚かなかった。驚いたのは、留子が16歳のままだったことさ」

　ナイフとフォークが止まった。

「あたしも驚いてる。いまが三十年後だってことに。だけど本来到達するはずだった時間にも、ちゃんと行けていて、あたし自身がそのことを知らないことにも」

　残っていたコーヒーを、彰比古は一気に飲み干した。

「年齢を重ねると常識から逃れるのが難しくて、本人を目の前にしてもまだ信じられないが、留子は、なんというか、この時代の地球人ではないと理解していいのかな」

　留子はちいさくうなずいた。動作はちいさくても、月を踏みしめた人類の一歩と同じくらい、彰比古にとってはあまりに大きな意味のある肯定だった。

「やっぱり、そうなのか」

「オジさんはすでにある程度、あたしに関わってしまっている。禁じられてはいるけど、話せる範囲は話すべきかもね」

彰比古は椅子の背に深くもたれ込んだ。ぼくの初恋の相手は、愛してはいけない人だったというわけだ。信じたくなくても、目の前の留子が16歳の姿かたちである以上、受け入れるしかない。少なくとも、理性ではそう思った。もちろん、まだ感性はついていけていない。

「でも宇宙人ではないし、未来人でもないから」

慰めになるようなならないようなことを、留子は口にした。

「ほかに何人があったっけ？」

「強いて言えば、あたしは別宇宙地球人、かな」

頭がくらくらしてきた。病院に行ったほうがいいかもしれない。そのまま話せば、間違いなく入院だ。要経過観察。

留子は胸の黒いプレートをいじった。

「とにかく、これを直さないと」

Ⅱ

16歳の夏休みの残りを、彰比古は自転車でニュータウン周辺をうろつくことに費やした。他に留子を見つける手立てを思いつかなかった。とくに異次元坂は繁忙期のケーブルカー並みに何度も往復した。おかげで彰比古の両脚は筋肉痛と蚊に刺された痒みに、ずっと悩まされつづけた。それでもやめなかった。たいしてすべきことがなかったせいもある。

すぐまた会える、と留子は言ったが、夏休みが終わるまで留子には会えなかった。

かわりに異次元坂で、ウータンと黒森真唯に出くわした。留子と出会ったような、夕暮れどきだった。自転車をふらつかせて坂を上りきろうとしていた彰比古の目に、頂上で沈みゆく太陽に向けて片手をかざしている、ふたりの姿が目に入ってきたのだった。

彰比古は自転車を止めて、声をかけた。

「なにしてるんだ」

声に振り向くと、ウータンはすぐに手を下ろし、きまり悪そうに彰比古を見た。

「トーザイか。びっくりさせるなよ」

黒森はあえて彰比古を無視して、手かざしをつづけていた。

「大久保くん、やめないで」

「うん、でも」

黒森に叱られ、ウータンは困り顔になった。

「宇宙パワーが逃げてしまうわよ」

「なんだよ、それ」

わざとおおげさに呆れた声を上げてみせた。彰比古は黒森が嫌いだった。胡散臭い女だと思っていた。ふだんはひとを見下した孤高の氷の女王みたいな態度を取っているくせに、だれかがひとりで気を抜いたり、落ち込んだりしているときを見逃さず、親しげに声をかけてくる。彰比古も一度やられたが、本能が危険信号を発して返事もせずにその場を立ち去った。それ以来、彰比古には声をかけてこなくなった。ただクラスの生徒が同じように声をかけられるところは、何度か見かけた。そのうちに、黒森はサークルを立ち上げた。

「滅亡に向かうこの世界の未来を、救うことができる力よ。心の清浄な人間なら、訓練すれば操ることができるようになる。歪んだ心の持ち主である西東くんには無理だけど、大久保くんなら使えるようになる」

ウータンが黒森に魅かれていることには気づいていて、何度か注意もしていた。気が優しくて、根がまっすぐで、自分以上に異性に耐性がないウータンは、黒森にたぶらかされようとしている。彰比古は、そう信じていた。ダメだよ、ウータン、宇宙パワーなんてないし、あっても悪い力に決まってる。そのうち、河原で拾った石ころを、高い値段で売りつけられるぞ。

「おい、ウータン。一緒に帰ろうぜ」

彰比古と黒森を交互に見てから、ウータンは彰比古のほうへ寄ってきた。彰比古は自転車を下りて、ウータンと並んで坂を引き返した。

その背中に、黒森の呪文の毒矢が降ってきた。

「西東くん、あたしの邪魔をすれば、いつか災いが降りかかるわよ」

ウータンがなにか言い返そうとするのを、彰比古は止めた。

「腹、減ったなあ。宇宙パワーで満腹にしてくれないかなあ」

彰比古は暢気《のんき》に笑って、ウータンの肩を叩いた。

「ウータンは腹、減らない？」

「減った」

なら、大丈夫だ。彰比古は決してうしろを振り返らなかった。黒森なんて、相手にしていない。そういう態度を取ったし、そういうつもりでもいた。無視するに限る。

もう一度、夏休みに黒森真唯と出くわしてしまった。異次元坂ではなく、子供たちがUFO公園と名づけている、広場のまんなかに円盤形のオブジェが設置された、無駄に広いだけで遊具もなくあまり人気もない公園でのことだ。夕暮れではなく、夜だった。強い陽射しを遮る樹木も少ない公園は、夏だと日中もほとんど人の姿がないが、夜ともなるとまず無人だった。

そのときも彰比古は自転車でやってきた。家にいても、落ち着かなかった。寝苦しい以前に、寝る気にもなれない蒸し暑い夜だった。さすがに留子に会えるとは期待していなかった。いや、16歳の彰比古は都会の片隅のニュータウンに住んでいるくせに、どこかで世界は自分を中心にまわっていると思い込んでいるところもあった。それに平凡すぎる時間に沿って流されているだけなのに、留子との出会いのような特別な時間がこれからも自分を待ち受けていると信じたがっていた。思いがけないほど、会えたときはドラマチックじゃないか。それにぼくの記憶が確かならば、留子は黒い球体のなかから現れた。夜の闇から現れてもおかしくない。まあ、常識離れした記憶には、早くもあまり自信がなくなりつつあるけど。

公園に留子はいなかったが、かわりに黒森とイセコーがいた。彰比古は驚くと同時に、呆れた。今度はイセコーかよ。ウータンとイセコーは、彰比古にとって特別な友だちだった。3人でバンドを組んでいるのだ。この夏休みだって、自転車に乗っていない時間、彰比古はギターを弾いていたし、何度か三人で集まって練習もした。一度は駅前のロータリーに楽器を持って集合したが、路上ライブをする勇気は出ずに、しばらく雑談してすごすごと帰宅したこともあった。

ふたりより先に、周囲より強い照明に照らし出されたUFOオブジェの下にいる黒森とイセコーに気づいた彰比古は、公園の入り口で自転車をそっと下りて、丈の伸びた茂みにしゃがみこんだ。虫よけスプレーをしてくるんだったと後悔した。

ふたりは向き合って、立っていた。

ラブシーンという雰囲気ではない。思春期の彰比古は、経験はなくてもそうした空気には敏感だった。ひとまず、ホッとした。嫌いな黒森と友だちのイセコーがつきあっていたら、とても困る。ウータンとイセコーが三角関係になってしまう。おまけにぼくは、どっちが黒森とつきあうのも、強く反対なのだ。

距離があるせいで、ふたりの会話は途切れ途切れにしか聞こえてこなかった。ただ、口調や顔つきから、ふたりは言い争いをしているようだった。ならば、よし。彰比古はひとり、うなずいた。

「伊勢くん、すっかりこっちの人間になってしまったのね」

黒森の声がフルヴォリュームになったおかげで、彰比古の耳にも届いてきた。こっちの人間？　ニュータウンの住人ということかな。そりゃ、そうだ。イセコーはぼくより早く、小学校の高学年にはこっちに引っ越してきてるんだから。待てよ、ということは、イセコーと黒森は、前に同じ土地に住んでいたんだろうか。イセコーは大気汚染のひどい土地で育って小児喘息をこじらせ、都会としては空気も環境もいいこのニュータウンに移ったと聞いている。でも黒森も近くに住んでたなんて初耳だ。

イセコーがなにか言葉を返したが、それは聞こえてこなかった。

「協力しなくてもいい。邪魔しないで」

もう一度、黒森は声を響かせると、イセコーを残して彰比古の潜む公園の入り口のほうへ歩き出した。彰比古はできる限り身を丸めてちいさくなった。

「とにかく、ウータンには手を出すな」

イセコーの声がした。そのあと、咳き込む音も聞こえた。イセコーはいまでもたまに軽い発作を起こす。彰比古は心配になったが、咳の音はすぐやんだ。

ガシャーン。

かわりに自転車の倒れる音がした。黒森が彰比古の自転車を蹴り倒した音だった。彰比古本人の存在には気づかず、黒森は荒々しい速足で去っていった。

足音が消えるのを待って、彰比古はそっと丸めていた背を伸ばした。あたりを窺うと、すぐそばにイセコーが立っていた。盗み聞きしていた決まり悪さをごまかすように笑ってみせた。

「よおっ、奇遇だな」

イセコーは呆れ顔だった。

「蚊に刺されるぞ」

言われた途端、彰比古はからだのあちこちが痒くなった。

6

「まいったぞ」

部屋の様子を見渡して、彰比古は溜息を吐いた。

決して、ゴミ屋敷というのではない。ただ、明らかに雑然としていた。考えてみれば、離婚して、1人暮らしを始めて十年。息子の光児以外がこの部屋に足を踏み入れることは、ほとんどなかった。彰比古は女性恐怖症になったわけでも、枯淡《こたん》の境地に達したわけでもなかった。ささやかだが、それなりのことはあった。離婚した男はもてる、というのはまんざら嘘でもないと思ったこともあった。ただ、二度と結婚しないことだけは、固く決意していた。いや、懲《こ》りた。だからそこへつながりそうな、つきあい方は慎重に避けてきた。

もし、万が一、もう一度結婚するとしたら。相手はひとりだった。少年の心を引きずった愚かなオジさんは、心の奥に沈んだ宝箱のなかに、相手の名前を刻んだ紙切れを後生大事にしまいこんではいた。

その相手と、あり得ない再会をしてしまうとは。

きちんと46歳同士で再会してやけぼっくいに火がついたとしても、いきなりこの部屋に連れてくるなんて野暮な真似をするつもりはなかったし。

「そんなこと、考えてる場合ではない」

彰比古は頭をぶるると振り、まずは掃除機を手にした。光児を入れるぶんには問題のない部屋も、留子を迎えるとなれば、それなりに気を使わなければならない。なにしろ、初恋の相手だ。しかも、口うるさい16歳のままだ。加齢臭の許せない年齢だ。近くのカフェに、留子は待たせていた。彰比古の携帯電話を持たせている。三十分ほどで連絡を入れることになっていた。

エアコンを入れて冷やしながら、彰比古は部屋を片付けた。１ＬＤＫでもキッチンやバストイレまで見られる状態にするには、必死で働かなければならなかった。他人の視線を意識することで初めて、彰比古は気づいた。この十年のひとり暮らしで、部屋のあちこちに見て見ぬふりで済ませてきた垢がこびりついていることに。

ベッドのシーツと枕カバーを替えて、作業は終了とした。これ以上はきりがない。

電話を入れ、彰比古は着替えをしてから、留子のいるカフェに戻った。

留子は馴れた手つきで携帯電話をいじくっていた。彰比古が向かいの席に座っても、顔を上げようとしなかった。彰比古はアイスラテを注文してから、留子に声をかけた。

「なにをしてるんだ」

「ネット検索」

「留子のいた世界でも、ネットはあったんだ」

「先端技術だけに関していえば、このD‐16世界よりずっと進んでる」

「ここはD‐16なんだ。留子がいたのは？」

「A‐1世界。自分のところを基準にしてるからで、優れているという意味ではないから。アルファベットと数字は、A‐1世界との差異を現しているの」

「他にもB‐29世界とかC‐62世界とかO‐157世界とかがあるのか」

「それって、爆撃機と蒸気機関車と病原菌よね。A‐1世界にも、そのみっつは存在する。でも、D‐16世界には存在して、A‐1世界には存在しないものもある」

　留子は携帯電話の液晶画面を指先でつついた。

「とにかく、あたしはいま、本来のあたしの時間より三十年後にいるけれど、それでもこの機械はとても古臭い」

「ぼくが黒電話を使うみたいなものか」

「黒電話？」

　留子はやっと顔を上げた。眉の間に皺が寄っている。黒電話は知らないようだ。この世界の三十年前でもとっくに時代遅れだったのだから、留子の世界では物心ついたときには歴史的遺物になっていたかもしれないし、どだい存在しなかったのかもしれない。かわりに白電話とか、緑電話だったのかもしれない。

留子の世界とこの世界は、どれくらい似ていて、どれくらい違うのだろう。

留子は無意識に胸の黒いプレートに手をやった。

「三十年間で技術が革新的に発達していることを願ったけど、この世界での修復は無理みたい」

「留子はこのままこの世界に留まるということか」

留子は椅子の背にからだを思い切りのけぞらせた。

「ならば、まだいいけど。次元の迷子になった者は、やがて因果律と因果律の狭間に飲み込まれて実態を失ってしまう」

「やがて、ってどれくらいだ?」

「誤差三十年の場所にいるんだから、今後三十年間のいつか。あたしの存在が因果律の限界値を超えた時点で。1年後かも。1時間後かも。1秒後かも。徐々に変調をきたすこともあるし、突然消えることもあるみたい」

そのとき、店が揺れた。ちょうど運ばれてきた彰比古のアイスラテがテーブルにこぼれた。

「1秒後」が起きたのかと、彰比古は緊張した。いまにもあの黒い球体が現れ、留子を飲み込んでしまうのではないか。

留子は平然としていた。店にいるひとたちも少しざわついているのに、まったく動じていなかった。

「地震ね。震度は3くらいかしら」

揺れは収まりつつあった。彰比古はアイスラテを口にして、喉の渇きを落ち着かせた。

「よかった。留子がナントカに飲み込まれるのかと思った」

「そのときは、物理的な揺れは起きない。時空間自体が歪むだけ」

「そうなのか。それにしても、まったく動じていなかったな」

「あたしの世界では、地震はしょっちゅうだから。他にも、いろいろだけど」

いろいろ。きっと、話すことは禁じられているんだろう。

「そろそろ、行くか。部屋、一応はきれいにしておいたから」

「部屋代は払えないよ。ここのお茶代も」

「いいさ。留子にとってはともかく、ぼくにとっては、留子は知らない仲ではないんだし」

「ややこしいね」

「うん、この世界の平均的頭脳しか持ち合わせてない身には、ややこしすぎて、とりあえず受け入れざるを得ない」

「16歳のあたしを」

「46歳の固くて萎みかけてる脳味噌が」

ふたりは店を出た。そのまま自分の部屋のある住宅地へ向かおうとする彰比古のシャツの裾を、留子が引っ張った。

「迷惑かけてるのはわかってるけど、もう少し気も使って欲しいのね」

「うん？　まだお腹が空いてる？」

留子の目が、オジさんを見る冷たいものになった。

「あのさあ、16歳は食べ盛りかもしれないけど、あたしは女の子なの。衣食住で一番は、衣。自分だけ着替えて、この暑い夏にあたしにはずっと同じ服を着させておくなんて、あんまりじゃない」

彰比古は留子の服を見た。

「そういえば、その服は留子の世界の服かい。それとも、こちらの世界で買った服かい」

「買う暇なんて、いつあったのよ。どちらの世界も、ファッションはあんまり変わらないみたい。ファッションは三十年周期という説もあるし。それより、服を買って」

「ああ、そういうことか。どこで買えばいいんだろう」

「贅沢は言わない。なんでも揃ってるところがいい。パンツやブラジャーも替えたいし」

留子の口から出た「パンツ」や「ブラジャー」という単語に、彰比古は照れた。オジさんだって、純情なのだ。

「なに、赤くなってるのよ」

「いや、すまん。留子の世界でも、下着は着るんだなあと思っただけ」

「ごまかすな、エロジジイ」

彰比古の住む私鉄沿線の街にも、ファストファッションのチェーン店ができていた。カゴを抱えて、彰比古は留子のあとに従った。

「予算は？」

高い店ではないし、夏物は早くもバーゲンになっている商品も多かった。

「好きなだけ、買っていいよ」

「さすがオジさん。お金はあるんだね」

彰比古は金持ちではない。一般的なサラリーマンだ。それでも16歳の財布とは違う。カードだってあるのだ。

ただし、体力や気力は16歳より衰えていた。好奇心も、だ。最初は留子について商品を見ているのが、照れ臭さも含めて楽しかったのだが、すぐに疲れてしまった。

「あそこで待ってる」

熱心に買い物をつづける留子に告げると、彰比古は店の隅にあるベンチに腰を下ろした。

遠くから、商品の陳列棚を行ったり来たりする、留子を眺める。傍から見たら、娘を見る父親の視線だろう。彰比古自身、そんな気持ちが強かった。息子の光児にも、ときおり服を買ってやる。そのときに近い気分はある。だが、違うものもあった。

「パパ！」

試着室のほうから呼ぶ声を、彰比古は自分に向けられたものだとは思わなかった。

「彰比古パパってば！」

そう呼ばれて、ようやく留子が呼んでいるのだと気がついた。

留子は膝丈のスカートを試着していた。

「パパじゃないけど」

「オジさんだと、誤解されるでしょ」

「パパだって、上に名前つけて呼んだら、かなり怪しいぞ」

「とにかく、これ、似合うかな」

「いいんじゃないか」

としか、彰比古には言えなかった。

「D-16世界的には、色はこっちと、どっちがいいと思う？」

留子は床から色違いのスカートを取り上げた。どっちでもいい気がした。

「真剣に考えて」

にらまれて、ふたつのスカートと留子を見比べた。D−16世界的にはよくわからないが、彰比古的にはどちらも似合う気がした。

「両方、買えばいい。二枚くらい、必要だろ」

「やったあ」

留子はちいさく万歳してみせてから、首を振った。

「うれしいけど、こっちだけにしておく」

試着しているほうを、留子は選んだ。16歳らしい慎《つつ》ましさを留子が示したことで、彰比古は自分の年齢を忘れかけた。恋人の買い物につきあっている少年と錯覚しかけて悔いた。16歳のとき、小遣いすべてはたいてでも、留子になにかプレゼントをすればよかった。

7

うまく寝つけずに、彰比古は居間のソファに横になったまま、音量をしぼって深夜のテレビ番組を眺めるともなく眺めていた。片手には、三杯目になる焼酎のロックが入ったグラスが揺れていた。うまく酔えない。からだはだるいのに、脳の芯が尖っていた。離婚してから、たまにこんな夜を迎えるようになった。今夜はひどかった。ベッドは留子に譲った。ドアの向こうでは、留子が眠っている。

なのに、目の前に16歳の留子の姿がないと、すべてが白日夢のように思えてくる。

D-16世界。つまり、彰比古がいまいる世界。

なんで自分は、ここにこうしているんだろう。留子に影響されたのか、彰比古の尖った脳に16歳に戻ったような疑問が湧いてきた。こんなはずじゃなかった、気がする。

では、どんなはずだったのかと問われると、ちょっと困るが、たとえば16歳の自分はこんな46歳を想像していなかったはずだ。46歳になること自体、想像もしていなかっただろうけど。

元妻と結婚して、一児を設け、離婚する。仕事は仕事であり、それ以上でも以下でもない。趣味は、なんだろう。ギターはいまでも弾くが、昔のような熱心さはない。たのしみは、息子の光児と会うことか。

これが、自分だ。酒も飲みたくなるってもんだ。

たとえば留子があのままずっとそばにいてくれていたら……。

16歳の自分は、きっと純朴にそれを願っていた。それが叶わなくなってからも、ずっと願っていたのかもしれない。だから、留子の言葉を忘れなかった。三十年後の再会を、微笑したり、苦笑したりしながらも信じていた。信じようとしていた。

もちろん、三十年は長い。16歳には永遠の半分くらいに遠い未来だった。いつのまにか、テレビの画面では懐かしい映像が流れていた。彰比古が思春期の頃に人気のあった歌手やバンドが歌っていた。少しだけ、テレビの音量を上げた。

彰比古がイセコーとウータンの3人で組んでいたのは、いわばフォークバンドだった。ロックもやりたかったが、経済的な事情や住宅事情が許さなかった。ニュータウンの集合住宅の子供たちは、エレキギターをアンプで鳴らせる住環境にはなかった。当時としては設備の整えられた住宅として開発されたとはいえ、部屋は狭く、遮音対策などあまり考えられていなかった。

四杯目の焼酎を注ごうと彰比古がソファから身を起こしたとき、寝室のドアが開いて目をこすりながら留子が出てきた。

「テレビの音、うるさいか？」

「そうじゃないけど、喉が渇いた」

「水でいいか」

彰比古は冷蔵庫からミネラルウォーターを出してコップに注いだ。

「そういえば、三十年前は水道水を飲んでたな」

受け取ったコップの中身を、留子はいっきに飲み干した。

「水道の水は飲めないの？」

「飲めるけど、あまりうまくなくなった」

「三十年で水が汚れたの？」

「どうかな。こっちの口が肥えただけかもしれない」

「空気は？」

「むしろきれいになってるんじゃないか」

「環境はよくなってるんだ」

「そうとは言えない。地球規模の乱開発は進んでる」

彰比古はテレビを指した。

「あれが三十年前の映像だ」

留子は画面を注視した。彰比古は音量をさらに上げた。長髪のヴォーカルが切なげに失恋ソングを歌っていた。

「この歌、知ってる。事前学習で聞かされた。わりと好き」

彰比古はグラスに焼酎をたっぷり注いだ。少し、興奮していた。

「ぼくもバンドで、この歌をコピーしていたんだ。留子の前で歌ったこともあった」

「だったら、未来で聴くことになるかもね」

「いま、歌ってやろうか」

彰比古は焼酎をひと口すると、居間に転がしたままのギターケースを開いた。ギターを取り出そうとして、留子の手に止められた。

「夜中だし、酔っ払いのオジさんの歌なんて、聴きたくない」

「だよな」

彰比古はギターをしまった。腕は上達していないが、あの頃にはとても手が出なかった憧れのギターだった。

8

さよなら、ウータン。

ホーンを鳴らして出ていく霊柩車を、彰比古は見送った。

通夜のとき同様、イセコーと駅まで歩いた。コンクリートの照り返しが厳しい。このところずっとの蒸し暑い一日がつづいていた。

「今日は、黒森は来なかったな」

「来なくていいさ」

イセコーは苦笑した。

「わかったよ。トーザイが昔から黒森が嫌いなのは知ってるし、ぼくだって好きなわけじゃない。ただ、気になるんだ。なんでいまになって、黒森が現れたのか」

イセコーの指摘に、彰比古のなかでひとつの可能性が閃いた。まさか。いや、ウータン抜きでも、ふたりは繫がる。偶然と考えるほうが不自然かもしれない。

「今日は仕事があるんで、ここで。近いうちに会おう」

イセコーは地下鉄の駅に消えていった。

「そういえば通夜のとき、黒森は留子のことを、たずねてきたっけ」

独り言を洩らすとすぐ、彰比古は自宅に電話した。呼び出し音がつづく。だれも出ないまま、留守番電話に切り替わった。

「彰比古だ。この伝言を聞いたら、すぐに電話をください。それから、だれかたずねてきても、絶対に入れないように」

悪い予感がした。黒森を留子に会わせてはならない。そう思った。

もちろん黒森に限らず、昔の留子を知っている人間に会わせるわけにはいかない。イセコーにすら、留子のことは話してないのだ。

しかし黒森は、すでに留子のことを知っているのではないか。黒森は魔女だから。

少し迷って、彰比古はタクシーを拾った。電車を乗り継いで戻るより、タクシーのほうが早く自宅に戻れると判断したのだ。

タクシーのなかで、三度、自宅に電話した。どれも、留守番電話になった。

出かけるとき、留子に外出するなとは言わなかった。それどころか、念のため合鍵を預けておいた。お金も千円札を十枚、渡しておいた。たぶん、あたりをうろついているだけだろう。そう自分に言い聞かせるが、一度芽生えた心配は、山の向こうで湧き立つ積乱雲のように心に広がっていく。

駅近くの踏切に、タクシーが引っかかった。彰比古は苛立った。このあいだに、黒森が留子に近づいているのではないか。

上下の電車が行き過ぎ、ようやく踏切が開いた。

あと少しだ。タクシーは商店街を自転車や歩行者を避けながら、ゆっくりと抜けていく。彰比古は苛立ちながら、あたりに目を凝らした。

「ここで、止めてください」

料金を支払うと、タクシーを飛び出した。

「留子」

名前を叫びながら、駆けだした。袋を抱えた留子が、振り向いた。その背後で、だれかが身を翻した。日傘のせいで、顔は見えない。でも、女だ。大人の女。

「どうしたの」

ただならぬ彰比古の様子に、留子は目を見開いた。そんなことには構わず、留子の両手を掴んだ。

「無事か」

「熱中症にはなってないけど」

冗談にも答える余裕はなかった。

「よかった」

思わず、彰比古は留子を抱きしめていた。留子の手から袋が落ち、なかに入っていた雑誌や本が道に散乱した。

「ちょっと、オジさん。離して、痛い」

留子に抗われ、通行人の不審な視線と目が合って、彰比古は慌ててからだを離した。

「いや、あの、なんでもないんです」

思い切り彰比古をにらんだあと、留子は通行人たちに言い訳した。

「このひと、あたしのオジさんです。久し振りに会うものだから、感激しちゃったみたいで」

留子の言葉に合わせて、彰比古は頭を下げた。なんだ、といった表情をして通行人たちは去っていった。彰比古はしゃがんで、雑誌や本を拾い集めた。

「この世界を勉強しようと思って買ったの」

「それで、電話に出なかったのか」

彰比古はあらためて日傘の女を探したが、見当たらなかった。黒森だったのか。違ったのか。とにかく、留子は無事だ。

「16歳の女の子はしなやかで、抱くと気持ちいいでしょ」

言われて、留子の感触がよみがえってきた。たしかに、いい感触だった。だが、そんなつもりでした行為ではないのだ。ひとりで歩き出した留子のあとを、彰比古は追った。

「こっちは気持ち悪かったけど」

「説明させてくれ。大事なことなんだ。留子は狙われているかもしれない」

「だれに？」

「黒森真唯」

彰比古は頭を掻いた。

「といっても、留子が知ってるはずはないんだが、同級生だ」

留子の足が止まった。顔つきが険しくなっていた。

「知ってる」

Ⅲ

空はあいかわらずの青さだったが、そこに浮かぶ雲は薄い筋を引く秋のものに変わっていた。

夏休みは終わってしまった。

すっかり日焼けした彰比古の顔つきは冴えなかった。あれほど自転車でうろうろしたというのに、留子と会うことはなかった。すぐにまた会えると勝手に熱くなり、その熱でおやつのホットケーキみたいに期待をふくらませていた。なのに時間だけが過ぎ、期待は黒焦げになってしまった。心に用意していたバターもハチミツも使えなかった。すべて、お預け。

新学期の高校へ向かう足取りも、当然重たいものになった。今日からはまた教室に閉じ込められて、退屈な授業を受けているふりをしなくてはならない。留子を探しに自転車を飛ばすことはできないのだ。

いっそ、さぼってしまおうか。

校門の手前で閃《ひらめ》いたが、実行に移せるほどの度胸を彰比古は持ち合わせていなかった。どこにでもいる、あまり勉強熱心ではない16歳、それが彰比古だった。彰比古自身もそれをどこかで自覚していて、平凡であることにうんざりしていた。

「トーザイ、おはよう」

校門のところで、ウータンから遠慮がちに声をかけられた。ウータンとは、異次元坂以来だった。

「ああ、おはよう」

彰比古の返事は気のないものになってしまった。

「もしかして、ぼくのこと怒ってるのかな」

「ウータンに、怒る理由はない。心配してるだけさ」

「なら、いいけど。夏休み、どうだった？」

すごい出会いがあった。はず、だった。宇宙パワーとかに魅かれているウータンに、黒い球体云々は絶対に言えないにしても、留子との出会いもいまは話す気になれなかった。

「この顔見れば、わかるだろ」

「海に行ったんだ」

「外にいれば、どこだって日焼けはするよ。色じゃなくて、表情の話」

「いまひとつ、だね」

教室には、夏休みをひきずった空気があった。みんな、それなりに楽しいことがあったようだ。雑談の声のトーンが、いつもよりギターでいえば、カポタストみっつぶんほど高かった。一音半だ。

ふたりを認め、先に来ていたイセコーが手を上げた。イセコーはぼくの前の席、その横がウータンだ。窓際なので、陽射しがまぶしい。列の一番うしろなので、すぐに眠くなる。

イセコーとも、ＵＦＯ公園以来だった。

ぼくは廊下側の黒森真唯の席に目をやった。黒森は難しい顔で、黒板のあたりをにらんでいた。黒板になにが書いてあるわけでもないのに。クラスの何人かが、黒森に話しかけたい様子でまわりを囲んでいたが、声をかけられずにいた。黒森のつくった怪しげなサークルに入会している取り巻き的な生徒たちだ。

「知ってるか」

イセコーにたずねられ、彰比古はぶっきらぼうに答えた。

「知らない」

「まだ、なにも話してないだろ」

「トーザイはご機嫌斜めなんだ」

ウータンが庇うように言った。

「そのご機嫌が直るかもしれないぞ」

「なになに」

すかさずウータンが身を乗り出したので、彰比古は興味なさそうな顔をつづけるしかなかった。

「転校生が来る。それも女子」

「そんなこととか」

言ってから、彰比古は思い直した。ニュータウンだけに、転校生は多い。彰比古自身も中学のときに引っ越してきたのだし、イセコーもウータンも小学校で引っ越してきた。元を正せば、このクラスの生徒のほとんどの人間が転校生だ。そこにまた、ひとり来ただけと思ったが、そうではないかもしれない。

彰比古の胸がざわついた。あの、ドキドキだ。

「かわいい子かな」

ウータンの問いに、イセコーは苦笑いした。

「さあな。そこまでは知らない」

始業のチャイムが鳴った。みんなが席に着いていく。3人の雑談もそこで終わりになった。

もしかしたら、と彰比古は思った。そうなんじゃないか。そうであってほしい。そうだといい。そうであってくれ。

教室の前の扉が開き、担任が入ってきた。

「今日から二学期だ。夏休み気分は早く抜いて、勉強に励むように」

つまらない訓示をさらっと垂れて、担任は開けたままの扉へ向き直った。

「入りなさい」

教室の前の扉を、彰比古は食い入るように見た。

呼ばれた生徒が入ってくる。

ざわわ、と鳥肌が立った。

留子、だ。

彰比古は興奮のあまり立ち上がりかけ、机の裏側に膝を打ちつけてしまった。

ガン、と音がした。イセコーが振り返り、見透かすようにニヤニヤと笑った。でも、そんなこと気にしてる場合じゃない。留子に会えたのだ。それも同級生という、願ってもないかたちで。

「自己紹介しなさい」

担任に促されて、留子は教壇に立った。

ぼくはここにいる。叫びたい気持ちをなんとか抑えて、彰比古は目と上半身に力を込めて留子にアピールした。

留子がちらりと視線をくれた。

わかってる。そう語りかけるように、留子は微笑んでいた。

留子はみんなに一礼すると、突然くるりと背中を向け、チョークを握って黒板に走らせていった。

「謎の転校生」

そう書いてあった。

「時岡留子です。遠いところから来ました。よろしく」

気の利いた冗談と受け取った生徒たちは、拍手で迎えた。担任は少し困った顔をしていたが、なにも言わなかった。

「まあまあ、かわいいね」

ウータンが小声で感想を述べた。

だから、ウータンはわかってないんだ。ものすごくかわいいじゃないか。クラスのどの子よりも、軽く見積もって千倍はかわいい。かわいいだけじゃない。輝いてる。キラキラ星みたいだ。そのへんのアイドルよりも、軽く見積もって百倍は輝いてる。

「席はどうするかな」

彰比古は立ち上がり、教室のうしろに置いてある予備の机と椅子を、自分の隣に移動した。

「ここが空いてます」

担任は首を振った。

「慣れるまでは、最前列のほうがいいだろう」

「いいえ、あの席がいいです」

担任が止める間を与えず、留子は彰比古のほうへと歩きだした。彰比古は椅子を引いて、留子を迎えた。

「ありがとう」

留子が席に着いた。彰比古も座った。

担任は新学期の注意事項やなにやらを話し出した。

「また会えたね」

彰比古の囁きに、留子は軽くうなずいた。

「こうして会えることは、わかっていたわ」

そうか、留子は同じクラスになることがわかっていたんだ。素直に納得しかけてから、考え直した。でも、なんでそんなことがわかるんだ？

留子は本当に、遠いところから黒い球体に乗ってきたんだったりして。

彰比古は首を振った。だから、それを信じちゃ、宇宙パワーを信じかけてるウータンを諌《いさ》めることなんてできないじゃないか。

舞い上がっている彰比古は気づかなかったが、敵愾心《てきがいしん》のこもった視線を留子に送る生徒がひとりだけいた。

黒森真唯だった。

9

「なんで、黒森真唯を知っているんだ」

部屋に戻り、留子をソファに座らせ、彰比古は食事テーブル用の椅子に腰かけた。

留子は低い声で打ち明けた。

「D-16世界に来た理由だから」

やっぱり、そうだったのか。彰比古は納得した。

「黒森のつくった宇宙パワー研究会を潰すのが目的だったんだな」

留子はくちびるを噛んだ。

「ひねりはないけど、いかにも偏差値の低い高校生受けしそうな会よね」

「悪かったたな。歴史の浅い高校だから、生徒の質はまちまちさ。そのせいか、結構な数の生徒が入会していたよ」

「あたしは黒森を止めなくてはならないの」

「高校の支配、だっけ」

留子はうなずくだけでなく、突拍子もない答えを返してきた。

「その先に見据える、この世界の征服も」

「ええっ、なんだって」

黒森は悪の秘密結社の首領なのか。彰比古は頭がくらんとした。

「いまどき、というか三十年前だけど、そんな馬鹿げた野望を抱く人間が実在したなんて。それも、ぼくと同じクラスに。ちょっと信じられない」

率直な感想を漏らしてから、彰比古は留子がここにこうして存在している事実を思い出した。

「まあ、留子の存在も信じられないから、信じるけど」

「16歳は頭がやわらかいから、常識外のことでも受け入れる。黒森はそれを利用してる」

彰比古は頭を掻いた。たしかに頭は固くなっている。内側だけでなく、頭皮も少し。

「黒森はあたしと同じA‐1世界から来たの」

「ええっ、なんだって」

「驚き方がワンパターン」

抑揚を抑えて冷たく指摘された。

「なにっ、本当か」

彰比古は言い直した。

「若者に取り入ろうとおどけるのも、オジさんの証拠。ふざける話題ではないでしょ」

16歳だった自分がいたクラスには、ふたりも宇宙人、ではなく未来人、でもなく別世界地球人がいたなんて。固かろうが、柔らかかろうが頭がくらくらしてくる。

「留子だけでなく、黒森も。なんてクラスなんだ」

留子は首を傾げてみせた。

「他にもいるかも」

「ええっ、じゃなくて、なにっ、でもなくて、げげっ、まさかっ」

彰比古のおどけに、留子はつきあわなかった。

「この地球のどこにでも、A-1世界の人間がたくさんいるわけじゃない。主に先進国の都市の特定地域に、集中しているの。オジさんの住んでいたのはニュータウン、つまり歴史のない町よね。住人のほとんどが、さまざまな土地から引っ越してきている。あたしたちが紛れ込みやすいわけ」

彰比古は黙った。告げられた事実の整理をしたかったが、オジさんなので時間がかかったからだ。留子も黙った。黒森について考えているのだろう。16歳だからか、留子が先に口を開いた。

「あたし、黒森に飛ばされたのかも」

彰比古は自分の思考を中断した。

「三十年後に？」

「あるいは黒森の仲間に」

「仲間がいるのか」

答えるかわりに、留子は胸の黒いプレートに手をやった。

「簡単に壊れるものじゃないし、事故の起きる確率も低い。だけど人為的に操作されたのなら、三十年後に着いてしまっても不思議じゃない。そんなことするのは、黒森たちの他に考えられない」

話が壮大になってきた。しかも全体像はまだ見えない。

インターホンが鳴った。

あまりのタイミングに、暗闇で背後からいきなり肩を叩かれたときみたいに、彰比古の心臓はぎゅっと縮んだ。まさかと思いつつ、彰比古はインターホンに向かい、恐る恐るカメラの映像を見た。

「なんでだ」

声が漏れた。

「もしかして、黒森なの」

留子はソファから腰を浮かした。彰比古は首を振った。

「違う。ぼくの息子の光児だ」

「なんだ。ていうか、子供がいたんだ」

「いる。留子と同じ16歳だ。あとは、話せば長くなる。それより、留子、どこかに隠れられるか」

「無理。いいじゃない、紹介して」

「なんて」

「初恋の相手」

「大人をからかうんじゃない」

「早く入れてあげれば」

諦めて、彰比古はインターホンに向かった。

「どうしたんだ、いきなり」

「ちょっとね。早く開けてよ」

仕方なく、オートロックを解除した。どうすべきか。彰比古は頭をフル回転させた。だが、空回りするばかりだった。

玄関のチャイムが鳴った。光児だ。黒森なら、まだよかったのに。そんな愚かなことを思いながら、玄関のドアに手をかけた。

「さあ、どうする。オジさん」

おもしろそうな留子の声にむっとしかけて、そうだオジさんだと思った。叔父さん、あるいは伯父さん。その手があった。

ドアを開くと同時に、光児が入ってきた。そのまいつもの調子で上がり込んで、ソファに座ろうとして、ようやく留子に気づいた。

「あれ」

彰比古にもの問いたげな顔を向けてきた。

「こんにちは」

動ぜずに挨拶する留子に向き直り、光児は首をぴょこんと前に突き出した。

「ども」

我が息子ながら、世間馴れのしていない対応だった。これならだませそうだ、と彰比古は内心ホッとした。

「姪っ子の留子だ。覚えてないか」

「覚えてない」

当然だ。いま初めて会ったのだから。構わずつづけた。

「まだ、ふたりとも赤ん坊に毛が生えた年齢だったからな。そのあと、いろいろあって会う機会もなかったし」

「パパさんの妹さんの娘ってこと？」

光児が勝手に、そう思い込んでくれた。彰比古の妹に娘はいないが、そんなことを光児は知らない。元妻と離婚してから、光児は西東家の縁戚との交流はない。

「そうだ。夏休みなんで遊びに来て、昨日からうちに泊まっている」

留子が笑いをこらえているのがわかったが、彰比古は無視した。光児は、ぽかんとしていた。彼女いない歴16年だ。留子を前にしてどうしていいか、わからないのだろう。

彰比古はちょっと光児をからかってみたくなった。

「かわいい子だろう」

「うん、まあ。そうなのかな」

照れていた。16歳のときは、自分も似たり寄ったりだったのかもしれない。

「手を出すなよ」

「うん」

と言いかけた光児の言葉を、留子が遮った。

「それは、わかんないでしょう。16歳同士だもん。会った瞬間に恋に落ちることもあるかも。ねっ、光児くん」

「うん、まあ。そうなのかな」

彰比古以上に、留子は光児をからかっていた。それが彰比古には不愉快だった。自分はいいが、留子にそんな権利はない。息子を弄ぶのはやめてくれ。

留子はやめなかった。

「光児くん、ここに来るといつもどうやって過ごしてるの」

「将棋、かな」

「将棋できるんだ。あたしもできるよ。やろうか」

彰比古は思わず留子にたずねていた。

「将棋、あるのか？」

「あるよ」

「けっこう、若い子もやるのか」

「どうかな。ひとによるんじゃない」

A-1世界というのは、どの程度この世界と似ていて、どの程度違うのだろうか。

ふたりのやりとりを、光児はやや腑に落ちない顔で聞いていた。

「いや、妹の家に将棋があるなんて、聞いたことがなかったんだ。どっちかというと年寄りのものだし、留子は女の子だろ」

納得したのかどうか、光児は言った。

「ぼくも年寄りじゃないけど、指せる」

父と息子でできる遊びと思って、教えたからだろ。その言葉は飲み込んだ。

光児は将棋盤と駒を持ち出し、食事用のテーブルの上に置こうとした。

「床でいいよ。寝っ転がってやったほうが、疲れないもん」

言われて、光児は将棋盤を床に置いた。

ふたりして、駒を並べていく。

「あたしが先手でいいよね」

「いいけど。ぼく、あんまり強くないよ」

「あたしだって、駒の動かし方を知ってる程度」

ふたりは勝負を始めた。

彰比古はソファに座って、眺めるともなく眺めた。留子もヘボであることは、すぐにわかった。ヘボなりに、光児は守りを固めていた。留子は攻めていく。彰比古は手持無沙汰だった。留子が将棋を指せるなら、自分が相手をしたかった。将棋を指すふたりは、さっき会ったばかりとは思えない、自然な雰囲気を漂わせていた。これが同じ年同士ということなのかもしれない。

留子が46歳で現れてくれていたら。

軽い疎外感を味わっていた彰比古の耳に、光児の慌てた声が入ってきた。

「いまのってなに？」

彰比古は盤を見た。

「えっ、桂馬が成ったから、こう動いたんだけど」

留子はいったん戻した桂馬の駒を、前に一コマ、横に二コマ動かしてみせた。

「桂馬は成ると金の動きはできるけど、そんな動きはできないよ」

「嘘、こう動けるようになるはずだけど」

留子は桂馬を、前後左右に動かした。それは金ではなく、チェスのナイトの駒の動きだった。

留子は彰比古を見た。嘘をついてる目ではなく、困惑している目だった。そうか、A-1世界では、将棋はあるけど桂馬の動きが違うんだ。彰比古はわざとらしく笑った。

「ははは、留子、だれに将棋を教わったんだ。それとも地元ルールか？　桂馬は成って金になる。これが正しい将棋だ。少なくとも、ぼくと光児はそのルールでいつも指している」

「参りました」

留子は盤上の駒をぐしゃぐしゃにして、因果律を断裂させてしまった。

10

晩飯を食べてからも、光児は帰ろうとしなかった。少しでも長く留子と一緒にいたいのかと彰比古は思った。それもあったかもしれないが、他の理由があった。

留子がシャワーを浴びに消えるのを待って、光児はぽそりと打ち明けてきた。

「家出してきた」

光児と一緒に眺めていたテレビを、彰比古は消した。

「どうして早く言わないんだ」

「あのひとがいて、話しづらくなった」

「あのひとって、留子か」

なんで留子と呼ばないのか。すでに留子は光児を名前で呼び捨てにしていた。だからカノジョができないんだ、と彰比古は余計なことを口にしかけて飲み込んだ。

「理由はなんだ」

「うんっ、ちょっと」

光児は浴室のほうに目をやった。

「大丈夫、聞こえるわけないだろう」

「そうだけど……」

彰比古は質問を変えた。

「ここにいることを、きみの母親は知っているのか」

「知らない」

「連絡はないのか」

光児はポケットを探り、携帯電話を確認した。

「何度か、電話がきてる。留守電も入ってる」

「帰りたくないのか?」

「うん、家出だから。ここに泊まっていくつもりだけど、まずいかな」

彰比古はソファに背を沈ませた。

「まずいというか、留子がいて、満室状態だ。こっちだって、ソファで寝てるんだから」

「ぼくは床でいい。夏だし、なんとかなる」

「待てよ、寝袋があったか」

両手を頭のうしろにまわし、彰比古はしばし考えるふりをした。泊めてやるしかない、と肚《はら》では決めていた。ちょっと、もったいをつけたかったのだ。

「泊めてやるけど、家に電話はしろ」

「わかった」

泊まれることで安心したのか、光児は素直に電話をかけた。彰比古はソファを離れて、キッチンに入った。べつに喉が渇いていたわけでもないのに、冷蔵庫からミネラルウォーターを取り出し、ゆっくりとグラスに注いだ。

光児のそばにいたら、元妻の声が漏れてくるかもしれない。だから離れた。息子の光児はかわいいのに、元妻と結婚していた事実は忘れたい。結婚していなければ光児は存在しない。結婚のすべてが失敗だったわけではないのに、心のどこかでなかったことにしたがっていることは、自分でも気づいていた。逃げている、とも自覚していた。

「パパさん」

光児の呼ぶ声に、彰比古は気が重くなった。

「なんだ」

「代わってくれって」

トイレへでも行っておけばよかった。こうなる可能性は頭にあったのだから。グラスの水を飲み干して、キッチンを離れた。息子の手前、逃げるわけにはいかない。

光児から携帯電話を受け取った。

「お久しぶり」

元妻の声だった。ここ何年か電話でも話していないが、聞くたびに自分が責められている気分になる元妻の声だった。

「今夜は光児を泊めるから」

「風邪引いたりさせないでください。それと、光児がなにを話したか知りませんけど、真に受けないでください。どちらにしろ、あなたには関係ないことですし」

「なにも話してないよ」

「そうですか。明日には帰るよう言ってください。もし数日そちらに居座るのなら、また電話させてください。いろいろ予定していたこともあるので」

「わかった」

「では、よろしく」

元妻は他人行儀で、彰比古は最低限の言葉しか使わず電話は切れた。時間にして三十秒あったかないかなのに、一日根を詰めて働いたあとよりも疲れた。

彰比古は携帯電話を光児に返し、消していたテレビをつけた。

「嫌いなんだね。知ってるけど」

リモコンでザッピングしながら、光児はつぶやいた。

「嫌い、というよりおまえの母親が苦手なんだ」

ふたりとも、顔はテレビの画面に向けたままだった。光児はお笑い番組を選んだ。無難な選択だ、と彰比古は思った。しばらく、定食屋のカウンターで注文した品が届くのを待つときのように、ふたりは笑いもせずにテレビを眺めた。

「はあ、すっきり」

留子がシャワーから出てきた。その姿を見て、親子で呆然とした。

バスタオルをからだに巻いただけだった。16歳の胸元と太腿がまぶしいというより、赤道直下の太陽のように目に痛く突き刺さってきた。

　彰比古はなんとか分別のある大人の渋面をつくった。

「その恰好はないだろ」

「なんで、水着より露出度低いけど」

「ここはプールでもビーチでもない」

　留子は片手を洗い髪に、もう一方の手を腰に当ててポーズを取った。

「もしかして、親子まとめて誘惑しちゃったかしら」

　彰比古と光児は、ふたり揃って顔を赤くした。

「やだ、襲わないでよ」

　笑いながら、留子はベッドルームに消えた。

　彰比古と光児は顔を見合わせた。

「16歳の女の子って、ああだったっけ?」

「ぼくのまわりには、いないタイプ」

　留子に翻弄された16歳の頃を、彰比古は思い出した。自分のまわりにも、留子みたいな子は他にいなかった。だから恋をした。

「ねぇ」

　ふたりして振り返ると、留子がドアから顔だけ出していた。

「そんな残念そうな顔しないで。裸が見たいのはわかるけど」

「留子こそ、ぼくたち親子が気になるんだろ」

と光児が答えた。それが彰比古には嬉しかった。おおっ、やり返したぞ。しかも呼び捨てにした。

「これでも、心配してるの。ふたりして、気まずそうにしてたから」

「大丈夫、いまどきの仲良し親子さ」

彰比古は光児と肩を組んでみせた。

「なら、いいけど。光児、今夜、泊まるの?」

「うん、実は家出してきたんだ」

留子は目を丸くした。

「やるじゃない。見直した」

なぜかウィンクをしてから、ドアが閉じられた。

「見直されるほど、深く知り合ってないけど」

閉じたドアに向けて、光児はつぶやいた。

11

11時前には電気を消した。

彰比古はソファで寝て、その下の床で光児が寝袋にくるまっている。彰比古は今夜もうまく寝つけなかった。

連続ドラマの冒頭に挿入される「これまでのあらすじ」みたいに、いろんな断片が頭のなかを流れていく。ゆっくり考えないと。いろんなことを。

しかし浮かんできた断片をひとつにまとめようとする作業は、発掘した欠片からいまだ知られていない文明の土器を再現するぐらいややこしそうだった。なにしろ、この世界の常識が通用するとは限らないのだ。

彰比古は寝返りを打った。

「眠れないの？」

床から光児の声がした。

「ああ、光児もか」

「ぼくにだって悩みはあるんだ」

「でなけりゃ、家出しないよな」

「といっても、パパさんのところにいるけど」

「せめて、友だちの家に転がり込みたいところだったな。なぜ、友だちを頼らなかった」

寝袋がごそごそと音を立てた。光児は半身を起こしていた。

「パパさんの顔が見たかったんだ」

彰比古もソファから身を起こした。痛いところを突くなあ、と思った。痛いけど、気持ちいいところ。心に効くツボみたいなところだ。

「散歩に行くか」

ふたりは留子を起こさないように、なるべく音を立てず部屋を出た。

日中の暑さの名残がゆらゆらと立ち昇る道を、駅のほうへ歩いた。やがてぽつぽつと店の灯が見えてくる。

その一軒、スナックともバーとも呼べそうなつくりの店のドアを、彰比古は押した。

「ふたりだけど、テーブル、いいかな」

「あら、西東さん、いらっしゃい。お連れさんがいるなんて、珍しい」

彰比古は光児を店に招き入れた。

「息子です」

「えっ、息子さんがいたんだ」

彰比古よりいくつか年上のママは、戸惑っている光児を愛想よく迎え入れた。カウンターの顔見知りに頭を軽く下げて、彰比古は奥のテーブルに着いた。光児を向かいに座らせた。

ボトルとセットを運んできたママに、光児用のソフトドリンクを注文した。光児は物珍しそうに、店内を見渡している。

「よく来るの？」

「たまにな。人恋しくて、飲みたくなるときがあるんだ」

「帰っても、だれもいないしね」

「ここに来れば、だれかと話せる。光児には見せていなかった顔だ。本当は光児が20歳になったら、連れてこようと決めてたんだけど、今夜は特別にフライングだ」

彰比古は自分用にウィスキーのソーダ割りをつくり、ソフトドリンクの光児と乾杯した。

「ぼくもパパさんに見せてない顔がある」

「だろうな。16歳なのに、反抗期的な態度を取ったことがない。そんなのおかしいからな。家出したと聞いて、安心した」

「家出して安心する親も変だけど」

「家出して親のところへ来る息子も変だ」

「だよね。ていうか、親が離婚してないとできない、裏ワザだけど」

彰比古は頭を下げた。

「おまえには済まないと思ってる」

「いいよ。友だちにも親が離婚してるやつ、いるし。そんなに珍しいことじゃないから」

「大人だな」

「子供だよ」

光児は一番かわいかった5歳のときのような笑顔をつくってみせた。そのあとぼそっと言った。

「母さん、再婚するみたいなんだ」

家出の理由がわかった。わかったが、彰比古の口出しする問題ではない。

「そうか。光児にとっては大問題だな」

とりあえず、飲むしかなかった。光児にも注ぎかけて、未成年なことを思い出した。父親として、ここはなにか言わなければいけない。黙っていてはいけない。だが、余計なことも言ってはいけない。考えがまとまる前に、彰比古は口を動かしていた。

「光児のことは、めちゃくちゃかわいく思ってる。離婚した十年前もそうだった。6歳だから、かわいいに決まってるが、舐めまわしたいくらいかわいかった。それでも、おまえを引き取らなかった」

「離婚のとき、父親が養育権を取るのは、すごく難しいんだよね」

「そんなこと、よく知ってるな」

「前に調べた」

ウィスキーが気管に入り、噎《む》せた。最近、油断すると水分が肺に行きたがる。どんな気持ちで調べたのだろう。怯みかけたが、今度は慎重にウィスキーを口にして彰比古はつづけた。

「たしかに家庭裁判所に持ち込んでも、おまえを引き取るのは難しかっただろう。だけどそれをしなかったのは、自分が自由になりたいという気持ちもあった。ひとりになって、やり直したい気持ちもあった」

「面倒くさいのもあった？」

「まあ、おまえの母親と、これ以上揉めたくない気持ちもあった。向こうはおまえを手放す気なんて、まったくなかったからな。早く、すっきりしたかった」

「だろうね」

「傷つけたか？」

「ものすごく」

そう答えられるのは、決定的な傷を負っていないからだ。彰比古は都合よく解釈しておくことにした。

「つまりだ。おまえの母親は、あのひとなりにおまえを愛している。その気持ちは、父親の自分より強いかもしれない。だけど、あのひとにも再婚する権利はある。おまえを傷つけてでも、再婚する権利があるんだ」

「わかってる」

「そうだよな。わかってることわかってるのにわかったようなこと言ってしまった。わからないか？」

「わかる。国語は得意なんだ」

「でも、漢文は苦手だろう」

「うん、パパさんからの遺伝だね。さみしがりやなのも」

我が子ながら、いいやつだ。彰比古は胸が熱くなった。

「トイレに行ってくる」

彰比古はトイレに入った。たいして尿意はなかった。かわりに頬から涙が伝ってきた。酔っているのかもしれない。自分が、とても勝手な人間に思えてきた。

結婚して、子供ができたのに、離婚した。

なんで、そうしたのか。留子を忘れようとして、留子を忘れられなかったから。それがすべてではないにしろ。そういう側面があったのではないか。

ところが、再会した留子は16歳のままだった。別宇宙地球人でもいいから、大人の姿で現れて欲しかった。

顔を洗ってから、彰比古はトイレを出た。ぼんやりしている光児の肩をぐっと掴んだ。

「したいだけ家出しろ。気持ちの整理がつくまで、うちにいていい」

「それは長くなるかも」

「どうせ、夏休みだろ。留子もいるし」

「痛いんだけど」

顔をしかめられて、肩を掴むのをやめ、彰比古は席に着いた。

「子供はつらいな。だけど、大人だってつらいんだ。16歳はまだ子供だけど、大人の入り口でもあるんだ」

「16歳の頃のこと、覚えてる？」

「覚えているが、いまだにわからないことだらけだ」

Ⅳ

放課後、彰比古は軽音楽部の部室になっている第二音楽室にいた。

練習に励む先輩たちのなかで、彰比古は手持無沙汰に、ギターを適当に鳴らしていた。掃除当番で遅れて来てみると、一緒にバンドを組んでいるイセコーとウータンの姿がなかったからだ。さぼる、とは聞いていなかった。

ギターは親にねだって買ってもらった。ニュータウンに越してきて早々、中学1年生のときだった。エレキギターはにべもなく却下された。これは覚悟していた。だがクラシックギターならという、親の愚かな思い込みには強く抵抗して、やっと手にしたスティール弦の張られたアコースティックギターだった。高いものではないが、翌年に買ってもらった自転車とふたつ、彰比古にとっては大事な宝物だ。どちらも、自分がどこか違う場所へ行くために絶対必要なものと信じていた。

鼻歌まじりに適当に2、3曲弾いた頃、ようやくウータンがやってきた。うしろからイセコーが軽く背中を押していた。

「遅かったじゃないか」

ウータンは目を伏せていた。

「ついウータンと話し込んでいたら、時間が過ぎちゃってね」

言い訳すると、イセコーはケースから自分のギターを取り出し始めた。ウータンも高校の備品を使っているウッドベースを運んできた。

バンドは、アコースティックギター2本とウッドベースという、典型的なフォークバンドの編成だった。でもフォークソングはレパートリーに多くなかった。

「さあ、なにからやろうか」

イセコーはチューニングをいじり始めた。

彰比古よりずっと、イセコーはギターがうまかった。からだが弱く、外で遊べなかったこともあって、ちいさい頃から音楽に親しんでいたらしい。たぶん、彰比古の家はもちろん、この高校の音楽室のレコードコレクションにもないような、いろんな世界の音楽を聴いてきたのだろう。イセコーの弾くギターは、彰比古だけでなく先輩たちのだれとも違っていたし、テレビやラジオから流れてくるヒット曲のものとも違っていた。

一番わかりやすい違いは、チューニングだった。イセコーはほとんどノーマルのチューニングを使わず、曲ごとにいくつかの弦の音を下げた。すると彰比古のギターと大差ないはずのギターが、エキゾチックで洒落た音色を奏でるのだった。

3人は演奏を始めた。

歌は彰比古だ。うまいからではなく、他のふたりがあまり歌いたがらないからだった。そのかわり、イセコーもウータンもきれいなコーラスをつけるのは好きだった。

今日のウータンのベースはノリが悪かった。歌いながら、彰比古はちらちらとウータンを見た。ふだんなら目が合って、言いたいことが伝わり、修正がされるところだった。今日のウータンは、ベースを弾いてからも目を伏せていた。彰比古と目を合わせるのを、避けているようだった。

イセコーとなんか、あったたな。なんか、といっても、原因はひとつしか浮かばなかった。

「大久保くん、いる?」

彰比古たちや他のバンドの演奏を遮るほど、大きくて鋭い声が響いた。

第二音楽室全体の音が止んだ。

原因と思われる黒森だった。うしろには、取り巻きを何人か従えていた。

ウータンはウッドベースに隠れるようにしていた。

かわりに、イセコーが応えた。

「悪いけど、いまは部活の時間で、ウータンも練習中なんだ。出ていってくれないか」

毅然とした態度だった。カッコいい。彰比古は感心してしまった。

だが黒森には通用しなかった。構わず、部室に足を踏み込んできた。

彰比古とイセコーは、ウータンを庇うようにして立って、黒森の行く手を塞いだ。

やっぱり、黒森か。まだウータンにつきまとってるのか。しつこい魔女だ。

「どいて。西東くんのような凡人や、伊勢くんみたいな弱虫には用はない」

「なんだと」

言われて、彰比古は頭に血が上った。たしかに自分は凡人だが、イセコーは弱虫じゃない。病弱なだけだ。それに凡人に向かって凡人呼ばわりは失礼だろう。傷つく。

掴みかからんばかりに腹を立てた彰比古を、イセコーが抑えた。

「もう一度言う。部外者は出ていってくれ」

「ならば、こちらも言う。部外者は黙ってなさい」

彰比古は黙っていられなかった。

「部って、黒森たちは何部だ？　部じゃなくて会だろ。あれは高校に公認されてるのか？」

「宇宙パワー研究会。高校には申請中よ」

黒森が重々しく告げた。ウッドベースが弾けたら、弓でそれっぽい効果音でもつけてやったのに。彰比古がそう思ったくらい芝居がかっていたが、黒森の取り巻きたちは真剣な顔でうなずいてみせた。アブないよ、こいつら。目がイキかけてる。

「焼酎サワー研究会？」

彰比古のダジャレに、軽音楽部の先輩たちはくすっと笑ったが、黒森たちはまったく顔色を変えなかった。ほぼ無表情だ。どころか、無視された。

「世界が破滅に向かっているときに、くだらない部活と世界を救うための会の儀式とどちらが優先されるべきかくらい、聡明な大久保くんならわかっているはず」

前にいる彰比古やイセコーを突き抜けて、黒森の視線はウータンを射すくめた。

ウータンは観念したように、ウッドベースを壁に立てかけた。

「行きます」

一歩前へ踏み出したウータンの腕を、彰比古は掴んだ。

ジャカジャーン。

そのとき、だれかがギターをかき鳴らした。きちんとコードを抑えていないらしく、汚く不気味な不協和音だった。

「親の因果が子に報い、生まれ出でたるヘビ娘」

留子だった。先輩のだれかのギターを抱えていた。

「全然、違った。もう一度」

ジャカジャーン。ギターが不気味に鳴った。

「悪のあるところ、正義あり。助けを求める叫びを聞きつけ、はるかな世界より駆けつけた、わたしは謎の転校生、時岡留子」

これには、さすがの黒森たちも呆気に取られた。もちろん、彰比古たちも。

「なによ、拍手でしょ」

怒られて、先輩の何人かがぱらぱらと拍手をするなか、留子はギターを近くにいた先輩に返し、黒森に向かって歩いてきた。彰比古は、留子がドロップキックかフライングボディアタックでも繰り出すことを期待したが、それはなかった。

「みなさん、この女は悪い女です。みなさんをたぶらかして、世界征服を企んでいるのです。ウータン、だまされてはいけないわ。宇宙パワーなんて、子供騙しのインチキだから」

目を覚ましなさい。宇宙パワーなんて、子供騙しのインチキだから」

　留子は、取り巻きのひとりにたずねた。

「ところで、宇宙パワーでどんなことができるの？」

　困惑しながら、取り巻きは答えた。

「黒森さんはスプーン曲げができる。何度も見た」

　留子は文字通り腹を抱えて笑ってみせた。抱えるような贅肉なんて、ついてないのに。

「それは宇宙パワーじゃなくて、超能力なんじゃなかったっけ」

「超能力は宇宙パワーの一種だ」

　言い募る取り巻きに、留子はぐいと顔を寄せた。

「と、黒森さんから教えられた」

　くるっと留子は黒森に向き直った。

「そうなの？」

「科学で説明がつかない現象には、宇宙パワーが関与している」

黒森はきっぱりと答えた。留子はきっぱりと否定した。

「嘘」

「嘘ではない」

「だったら、宇宙パワーってなに？　もう少し具体的に説明して」

「わたしたちのいる三次元より高次元に存在するエネルギー」

留子は彰比古を見た。

「わかった？」

「さっぱり」

「凡人には理解不能で当然よ。理解できる知能がないだけでなく、受け入れようとする心が欠如しているのだから」

また凡人呼ばわりされてムッとして口を開こうとした彰比古に、イセコーが囁いた。

「ここは留子に任せよう」

留子も、任せてと言わんばかりに微笑んだ。かわいい。突拍子もないが、かわいい。

彰比古は口を噤《つぐ》んだ。

「悪の黒森さん、あたしはわかったから。つまり宇宙パワーというのは、折り畳まれた十次元に逃れている重力のことね。たしかに重力も大きくなれば空間を歪める力を持っているんだから、スプーンくらい曲がるかも」

　留子の言ったことも、彰比古にはさっぱりだった。

「だれか、スプーン持ってるひと？」

　さすがにいないだろうと思ったが、取り巻きのひとりが差し出してきた。

「持ってるんだ。曲がる？」

　黒森は留子のペースになっていることに苛立っていたが、取り巻きたちはスプーン曲げを見たそうだった。黒森はスプーンを受け取り、柄を親指と人差し指で挟むようにして、胸のあたりに押し当てた。

　ぐにゃり。

　見事にスプーンは曲がった。取り巻きばかりでなく、先輩たちも感嘆の声を上げた。留子も驚いたような顔をして、曲がったスプーンを受け取った。それから、黒森と同じように、スプーンを胸のあたりに持っていった。

　ぴん。

　見事にスプーンは元に戻っていた。

「こっちのほうが、難しいと思わない？」

　留子はまずウータンに、そのあと取り巻きたちにもスプーンを示した。

「宇宙パワー、と言いたいところだけど、タネも仕掛けもある手品。やり方は教えてあげられないけど」

　はい、とスプーンを持ち主に返し、留子はその肩を押した。

「仮に宇宙パワーでやったとしても、それがなんなの。スプーンが曲げられても、別に便利でもないし、なんの役にも立たない。わかったら、さあ、お帰りなさい」

　取り巻きたちがすごすごと引き上げ始めた。

　ひとり残された黒森は、それでもウータンを諦めてはいなかった。

「大久保くん、ひとりの使える宇宙パワーはちいさくても、信じる者が集まれば大きな力にできる。この世界を救うこともできる。それに、あたしはスプーンしか曲げられないわけではない」

　すっと黒森の手が伸びて、彰比古のギターのネックを握った。

「なにするんだ」

　もう一方の手が胸に当てられた。

「今日の練習はこれまでね」

　ピピピピピピーン。体型の異なる6人の小人が一斉に金切声を上げたみたいな音が響いた。

　黒森の手が離れると、ギターの弦すべてが切れていた。

「ああ、ギターが」

「壊したのは、弦だけ。今回はギターには手をつけないであげた。次は知らないけど」

彰比古はすがるように、留子を見た。

「直してくれるよな」

留子は首を振った。

「無理。そんな手品は習ってない」

12

玄関のドアに鍵を差し込みながら、彰比古は光児に囁いた。

「留子を起こさないように、静かに入るぞ。電気もつけないから」

「わかった」

ふたりは空き巣でもするようにそろそろとドアを開け、廊下の共有スペースから差し込んでくる灯を頼りに靴を脱いでから、ドアを閉じた。抜き足差し足で居間に戻り、彰比古はソファへ、光児は寝袋へ落ち着いた。

寝室は静かだった。

一度は目を閉じた彰比古だったが、なにかが引っかかった。

闇のなかで、寝室のドアに目を凝らす。ドアは閉じられている。

違う。戻ってきてからソファに入るまでのどこかだ。といっても、そのほとんどは暗闇を手探りしてきたので、仮に異変があっても気づかなかっただろう。だとすると、玄関ということになる。

鍵はちゃんとかかっていた。鍵穴の感触もおかしくはなかった。だれかが侵入した気配はなかった。

そのあと、靴を脱いだ。

彰比古の頭に玄関の映像が閃いた。考える前に、身を起こして玄関に戻っていた。灯をつける。

なかった。留子の靴がなかった。

慌てて引き返し、居間の照明をつけた。

「どうしたの」

まぶしさに目を瞬きながら、光児がたずねてきた。それには答えず、彰比古は居間を見まわし、変わった様子がないことを確認してから、寝室のドアを叩いた。

「留子、開けるぞ」

告げると同時に、ドアを開き照明のスイッチを入れた。

ベッドはからっぽだった。

うしろから、光児が覗きこんできた。

「留子がいない」

「家出した？」

光児がとぼけたことを口にしたのに、彰比古は思わず声を上げてしまった。

「ここは留子の家じゃない」

「わかってるけど、怒らなくてもいいじゃない。喉が渇いて、コンビニに買い物にでも行ったんじゃないの」

「すまん、怒ってるんじゃない。うろたえているんだ」

事情を知らない光児が、のんびり構えているのは無理もなかった。

アルコールと眠気を追い出そうと、彰比古は頭をふった。

黒森に連れ去られたのか。まず浮かんだのは、それだった。黒森は留子のことを気にしていた。しかも昼間見かけた日傘の女が黒森ならば、留子がここにいることを知っている。黒森と留子の対立が三十年後のいまもつづいているのなら、拉致する可能性もなくはない。

だが、ベッドは乱れていなかったし、居間も玄関も出ていったときのままだ。留子ならば、抵抗するだろう。その痕跡がまったくない。だが黒森はたしか、宇宙パワーが使えると称していた。留子は否定していたし16歳の彰比古はトリックと納得したが、ふたりがこの世界の人間でないと知ったいまは、トリックとは決めつけられない。黒森は空間移動でいきなり寝室に現れ、眠っている留子をそのままどこかへ移送してしまったのではないか。

いや、次元の迷子になってしまったのかもしれない。本来の時間に辿り着けなかった留子は、やがて消えてしまうと言っていた。いつ、そうなるかはわからないとも言っていた。突然、そのときが来たのかもしれない。

彰比古はベッドに座り込んだ。どうしていいか、わからなかった。46年間積み重ねてきた人生経験は、なんの役にも立ちそうになかった。

「そのへんを探してくる。たぶん、遠くには行ってないよ」

光児は部屋を出ていった。彰比古も玄関についていった。光児が靴を履いた。

うん、靴？

そうだ、留子の靴がなくなっていたんだ。だとしたら、いま考えたふたつの可能性は、どちらも否定される。黒森がわざわざ留子に靴を履かせるとは思えないし、ましてや身につけていない靴までが次元の迷子になってしまうとも思えない。いや、その可能性はあるか。靴はもともと留子が履いていたものだ。この世界のこの時間にあるべきものではない。でもだとしたら、留子の着ていたシャツやなにかはこの世界で買ったものなのだから、残されていなければならないはずだ。ベッドに抜け殻になったシャツや下着はなかったじゃないか。黒森の仕業とか、次元の迷子は、早とちりの考え過ぎの取り越し苦労に違いない。

ああ、よかった。いやいや、よくはない。留子がいないことは変わらない。もう、深夜だ。16歳の女の子をひとり歩きさせておくのはよろしくない。

やや正気を取り戻した彰比古は、自分も靴を履いた。

「一緒に探そう」

ふたりはまた部屋を出た。

光児が提案してきた。

「別々に探したほうがいいんじゃない」

「しかしもう夜中だぞ」

「平気だよ、ぼくは留子と違って男子だし」

元妻が知ったら激怒するだろうなと思いつつ、息子の言葉が頼もしく思えて了解した。

「だったら、光児は明るい駅方向を探してくれ。こっちは反対のほうへ行ってみる。この奥にも何軒かコンビニはあるし」

「わかった。見つけたら、電話する」

光児と別れて、彰比古は住宅街を駅とは反対方向へ進んだ。愚かな想像をしてしまった、と反省しながら歩いた。少し冷静になれば、好奇心旺盛で活発かつ物怖じしない16歳の女の子なら、夜中でも喉が渇けばコンビニエンスストアに出かけることを、躊躇したりはしないだろう。ついでに散歩がてらに、街の様子を観察するかもしれない。

夜中でもちらほらと人通りのある住宅街の道を行きながら、彰比古は思った。留子のいたA-1世界とは、どんな世界なのだろう。この世界より科学技術が進歩しているのはわかっているが、あとはわからない。どれだけ似ていて、どれだけ違うのか。桂馬が成ったときにどう動けるかだけでも、将棋の組み立ては大きく変わってしまう。他には、どんな違いがあるのだろう。

何軒かのコンビニエンスストアを覗いたが、留子の姿はなかった。彰比古が歩き疲れてきた頃、光児から電話があった。

「留子を見つけたよ」

そう聞いて、やはり安心した。年頃の娘を持つ親の気持ちがわかった。

「そうか。どこにいた」

「駅の近く。路上ライブを見てた」

「留子に代わってくれ」

間があって、悪びれた様子のない留子の声が聞こえてきた。

「心配し過ぎだよ」

「黙っていなくなれば、心配するのは当然だろ」

「オジさんたちが先に、あたしに黙っていなくなったくせに」

たしかに、そうだった。

「留子を起こさないよう、気を使ったんだ」

「はいはい、でも目が覚めちゃったの。だから、ちょっと夜の散歩してただけ。お腹が空いたし、せっかくだから光児と少しデートしてから帰る」

電話は切れた。掛け直そうかと思ったが、思いとどまった。とにかく、留子は無事だった。それでよしとしよう。

彰比古は部屋へ引き返した。

留子が光児とデートか。最初、父親として、ちょっと嬉しい気分だった。だが留子がこの世界の人間ではなく、本来は16歳でもないことを思い出すと、光児がその気にならなければいいがと心配になってきた。留子まで本気になってしまったらと思ったら、留子が自分の初恋の相手であることに気づき嫉妬心が疼いてきた。

「複雑な心境だ。いや、奇々怪々な心境だ」

彰比古は夜空を見上げた。星は出ていなかった。少し風があった。台風が近づいていた。

13

翌朝、留子はなかなか起きてこなかった。

テレビでは台風情報を伝えていた。大型で強い台風が、速度を強めて接近中とのことだった。画面のなかでは、お馴染みの高波と突風に晒されたレポーターの姿が映し出されていたが、窓の外は晴天つづきのあとでは歓迎したくなるような曇り空だった。通風孔から、ときおり風の音が鳴っているのが少し気になった。

ふたりで先に朝食を取っているとき、光児が寝室を気にしながら小声で告げた。

「昨日の夜のことなんだけど」

「留子とキスでもしたか？」

九割は冗談、でも残りの一割は気を揉んで、彰比古はたずねた。

「してないよ、そんなこと。手もつないでない」

思わず声を高くして否定してから、光児は難しい顔になり、箸を置いて、また小声に戻った。大事な話のようだったので、彰比古も箸を置いた。

「留子、路上ライブを見ていたのは本当だけど、その前からぼくは留子を見つけていたんだ」

「なぜ、すぐに声をかけなかったんだ」

「かけられる雰囲気じゃなかったから。留子、駅の近くの遅くまでやってるカフェで、だれかと話をしていた」

　彰比古の頭に黒森が浮かんだ。

「中年の女性だったか」

「違う。中年の男性だった。歳はパパさんぐらいだと思うけど、中年のひとの年齢って、ぼくにはよく見分けがつかない」

「中年の男性。特徴は？」

「店の外から離れて見てただけだから、細かいことはわからない。どこにでもいそうなオジさんだった」

「目の前にいるのも、どこにでもいそうなオジさんだ」

「パパさんとは違った。たぶん、髪の毛が薄かったんだ」

「白髪にはなったが、まだ髪の毛はたっぷりある。おまえにも遺伝しているといいな」

「髪質、似てるから大丈夫だと思う」

　そんな話ではなかった、と彰比古は頭を掻いた。うん、オジさんにはなったが、まだまだ毛髪量はある。そこが心の拠りどころだ。いや、そんな話ではなかった。

「ほかに特徴は？」

「スーツを着ていた」

「スーツを着ているオジさんは、着ていないオジさんより多い」

「髭は生えてなかったと思う」

「スーツを着て髭を生やしている人は少ないから特徴になるが、髭がなかったら特徴とは呼ばない。他にはないのか」

「中肉中背、かな」

「会えばわかるか？」

「うーん、たぶん」

だれだろう。留子に、こっちの世界に知り合いはいないはずだった。黒森の仲間だろうか。それにしては、留子は何事もなく戻ってきている。脅しをかけられたような様子もなかった。彰比古に心当たりはなかった。ただ、留子についてはまだまだ謎だらけだった。謎の転校生と名乗っていた彰比古が16歳のときよりも、いまのほうがずっと謎の存在だった。別世界地球人に、この世界の地球人代表としてたずねたいことは、質問用紙で山が築けるほどあった。

「留子はそのひとに、なにかを渡したみたいだった。ちいさくて、なんだかわからなかったけど」

光児は補足の報告をすると、箸を手にした。もう話すべき重要事項はないらしい。

「ふたりが店を出で、留子がひとりになって、しばらく待ってから声をかけたんだ。それでよかったのかな。相手のひとがいるあいだに、留子に声をかけるべきだったかな？」

「いや、留子が無事だったんだから、そこに拘らなくてもいいさ」

寝室のドアが音を立てた。伸びをしながら、留子が出てきた。ふたりは慌てて食事を再開した。

「おはよう」

「あまり、早くはないな。顔を洗ってきなさい」

「はーい」

留子が洗面所に消えると、光児は詰め込んだおかずに噎せた。それをなんとか飲み込んでから、思い出したように付け足した。

「中年の男性は、駅の改札で留子と別れた。電車に乗って帰った」

「そうか、闇に消えたりはしなかったか」

彰比古は本気で返した言葉だったが、光児は笑った。

「宇宙人には見えなかった」

そのあと、まじめ顔になった。

「でも、留子ってどこか宇宙人ぽいところ、あるよね」

「宇宙人ではないと、本人が言っていた」

彰比古はそう答えておいた。

14

昼前に、光児は友だちと約束があると出かけた。台風が近づいていても、家出していても、友だちとは遊ぶ。16歳とは、そういうものかもしれない。元気で暢気だなと彰比古は思った。自分も似たようなものだった気がする。光児が着てきたTシャツは洗濯して、まだ乾いていなかった。かわりに、自分のTシャツのうちであまりくたびれていないものを貸してやった。サイズは合っていた。

「背は高いけど、お腹は出てないから、縦横を合計すると同じサイズでも平気なんだ」

事実の指摘だが、軽く傷ついた。これでもダイエットというか、シェイプアップに励んだのだ。留子のために。

「そのTシャツ、オジさん臭くない?」

それが留子の感想だった。

「友だちと会うだけだから」

気にせず、光児は着替えたりせずに出かけていった。

風の音に留子は窓の外を見た。休暇を取ってよかった。台風接近の日に出歩かずに済むと思うのは、彰比古が年を取った証拠かもしれなかった。留子はからだが疼くとでもいうように、両手を振りまわした。

「さあ、あたしも出かけようかな」

彰比古は探るようにたずねた。

「台風が来るというのに、なにか用事でもあるのか」

「あるわけないじゃない」

「ひとりで出歩くのは、やめたほうがいい」

「だったら、一緒でいいよ。昨日の夜は光児とデートしたから、今日はオジさんとしてあげる」

からかわれているのはわかっていたが、それでもデートという言葉に、彰比古は年甲斐もなくときめきかけた。

その心をぐっと抑える。

「デートは台風が過ぎ去ってからで、いいだろう。それより今日は、将棋でもしないか」

留子はちょっと意外そうな顔をした。

「してもいいけど、ルールが微妙に違うよ」

「留子の世界のルールでいいさ」

「強いの?」

「光児といい勝負だ」

「へボってわけね」

そう聞いて、やる気になったらしい。留子の気が変わらないうちに、彰比古は将棋盤を持ち出し、居間の床に置いた。

駒の並びは同じだ。

「そっちのルールなんだから、先手でいかせてもらうぞ」

一手目は、いつもと同じ歩を動かして角道を開いた。留子もそうした。二手目からはへボなりに、守りを固めに入るのだが、今回は一手目と線対称にある歩を進めた。これで左右の桂馬の道が開いたことになる。

「オジさんなりに、脳味噌使ってますな」

にやつきながら、留子も同じ手を打った。三手目からは、とにかく桂馬が前に出ることだけを考えて打った。

留子は守りを固め、桂馬には手をつけなかった。

しばらくヘボなりの攻防があり、彰比古の桂馬のひとつが成った。彰比古は駒をひっくり返した。

「昨日の夜、だれと会っていたんだ」

赤い「金」の字が表になったが、留子の世界のルールだから、これでチェスのナイトになったわけだ。とても有利になったはずだが、正直、彰比古にはナイトを次にどう動かしていいかわからなかった。

「光児ったら、ぼんやりしてるようで、ちゃんと気づいてたんだ」

ナイトの前に歩が打たれた。

「話せないことや、話したくないことがあるのはわかっている。だけど、秘密や嘘ばかりでは、こちらも気分がよくない」

ナイトは来た道を後退した。

「ふたりが出かけたあと、インターホンが鳴ったの。中年の男性だったから、オジさんの友だちかもしれないと思って出たら、まず自分の名前と認証番号を告げてからあたしの名前と認証番号を口にしたの」

留子は彰比古のナイトには構わず、攻めに出てきた。

「桂馬が成るとナイトになる世界から来た人間か」

彰比古はナイトにこだわり、留子の歩を取った。

「そうだった。詳しく言えないけど、黒森真唯の仲間ではない証拠も示したから、外で話を聞くことにした」

留子は攻めてくる。

「どんな話をしたんだ」

ナイトで今度は銀を取った。

「言えない」

留子は彰比古の守りの一角を崩した。

「王手」

さらにナイトを動かし、彰比古は留子の王将に迫った。

「なにそれ」

ナイトは王将を守っていた金によって、あっさりと取られてしまった。彰比古にもわかっていたことだ。最初から、勝ち負けにはこだわっていなかった。留子がまた彰比古の駒を手遅れればせながら、彰比古は自分の王将の守りに入った。留子がまた彰比古の駒を手に入れた。

「だったら、質問を変えよう。黒森はこの世界を征服して、なにをしたいんだ」

彰比古は打つ手が浮かばず、王将を動かした。

「いまは言えない。王手」

留子の駒が容赦なく迫る。

「いつかは話してくれるのか」

彰比古から取った、成ればナイトになる桂馬の駒を、留子は手にした。そして、ぴしゃりと打った。

「王手。詰み。あたしの勝ち」

留子はさっさと駒を片付け始めた。これ以上の質問に答える意志はないと、示しているかのような態度だった。そんな留子の胸元を、彰比古はじっと凝視した。視線に気づいた留子が、彰比古をにらんだ。

「ひとの胸をいやらしい目つきで見ないで」

彰比古は動じなかった。

「黒いプレートはどうした？　壊れていても、大切なものだろ。肌身離さず、つけているんじゃないのか」

ありもしない黒いプレートをいじる仕草をしてから、留子は観念したように肩をすくめた。

「預けた。修復してもらうために」

「そうか。頼れるひとが現れて、よかったな」

嘘はついていないようだが、話してくれないことが多過ぎた。彰比古はまったくといっていいほど、信用されていないことに傷ついた。あの16歳の日々はなんだったのか。三十年後の再会とは、大人になった彰比古に、次元の迷子になりかけた留子の世話係をしろというだけのことだったのか。まるで宗主国からの来賓をもてなす、植民地人の下僕みたいに。

「ごめんなさい」

留子が頭を下げていた。それほど彰比古は落胆していた。

「いいさ。将棋を指して、よくわかった。たとえよく似ていても、違う世界でやっていくのは大変なことだ。用心深くもなるさ」

それは本音だったが、諦めの言葉でもあった。違う世界に生まれた、分かり合えない者同士なのだから仕方ない。

半分どうでもよくなっていたが、彰比古には聞き忘れたことがあった。

「答えたくなければいいが、一応質問させてくれ」

留子は目で先を促した。

「間違った時間に移動すると、いつか次元の迷子になってしまうんだよな。それは、いつ起こるかわからない。一時間後かもしれない。それにしては、留子は落ち着いているように思っていたんだけど」

「あのときはまだ自分の身に起こったことを受け入れられずにいたし、おおげさに言ったほうが協力してくれると思って、一部説明を省いたの。次元の迷子になるのがいつかはわからないというのは本当だけど、直後になってしまう可能性は極めて低い。異世界への影響度と時間経過で、その可能性は高まる。あたしの場合だと、重大犯罪を犯すか、大発明でもしない限り3年はまず安心していいはず」

「そうか。よかったよ」

「怒らないの？」

彰比古は首を振った。

「知らされないことだらけで、オジさんは疲れたよ」

V

トイレから出ると、廊下で留子が待ち伏せしていた。放課後、彰比古はこれから第二音楽室へ、部活に向かおうとしているところだった。

「ちゃんと手を洗ったら、ハンカチで拭く」

手をぶらぶらさせて水を切っていた彰比古は、渋々ハンカチを取り出した。

「保健委員でもないくせに」

「トーザイのカノジョとして注意したの」

「カ、カノジョって……」

「はは、赤くなった。あたしって、かわいいからなあ。罪な女だね」

からかわれた彰比古は、照れではなく怒りで赤くなりかけたが、ぐっとこらえた。ちゃんと拭いた、と濡れたハンカチを示してから、ポケットにしまった。

「これから部活なんだ」

「さぼりなさい」

「授業ならともかく、部活を理由もなくさぼるなんていやだ」

「トーザイは、これからあたしとデートするの」

「デ、デート……」

いまからかわれたばかりなのに、胸苦しいほどのドキドキに襲われた。

「ちょっと変わったデート」

「でも、さぼるとみんなに迷惑かかるし」

「イセコーには、もう了解してもらった」

「手早いな。ウータンは？」

「イセコーが第二音楽室で、練習しながら監視することになってる」

「はい？」

「行くわよ」

留子は強引に引きずっていった。

「どこへ行くんだ」

「とりあえず、校門の近く」

訳がわからないまま、校外に出た。そこであたりを観察した留子は、向かいの小高い丘状になった緑地帯に上っていった。

「あそこでデートって、なにするんだよ」

「早く来て」

あとを追って上ると、刈り込まれた低木の陰に連れ込まれた。彰比古の頭に、不純異性交遊、という文字が浮かんだ。

「ここで待つ」

「だれを？」

「黒森たちに決まってるでしょ」

がっかりした。不純異性交遊はともかく、デートでもなんでもなかった。

「これから宇宙パワー研究会が、連れだってなにかやらかすらしいの」

「好きにさせればいいじゃないか」

「なんで、トーザイも黒森には腹を立ててるでしょ」

「関わりたくないだけだ」

「だったら、ウータンもほっとけば」

「ウータンは友だちだ。一緒にバンドもやってる。ほっとけるわけないだろ」

留子はわざとらしい呆れ顔をつくった。

「トーザイは自分の友だちは守るけど、他の人間が、人類が、世界がどうなってもいいんだ」

「そんなおおげさな問題か」

留子は首をゆっくりと縦に動かした。

「黒森はこの一週間で、二十人以上の勧誘に成功してる。このままだと、うちの高校は宇宙パワー研究会に乗っ取られてしまう」

「まさか。ぼくみたいに反感持ってるやつもたくさんいるし」

「全員を入会させる必要なんてない。一月後には、生徒会の選挙がある。そこで黒森真唯が生徒会長に当選し、仲間も副会長、書記、会計に当選すれば、高校を支配することができる」

「仮にそうなっても、先生たちがいる」

「黒森はなにも生徒を教師に反抗させようと、扇動してるわけじゃない。世界を救うとかなんとか、疑似宗教的な教えを刷り込んでいるだけ。教師は手出しできない」

留子の話は、一見論理的だった。彰比古もなるほどと思いかけた。だが、根本がおかしい。

「高校なんか支配して、どうするんだ？　たいして得はないぞ。せいぜい、生徒会費を使い込めるくらいだ。待てよ、とすると学校備品として、いい楽器が揃えられるか」

「トーザイって、ちいさい」

冷たく決めつけられ、彰比古は弁解した。

「ちょっと横道に逸れただけだ。言いたいのは、高校を支配する理由がないってこと」

「実験よ。より大規模な支配のための実験。ここの高校の生徒は、実験動物として扱われているのよ」

留子の声は確信に満ちていた。それが彰比古には不思議だった。

「なんで、そんな自信たっぷりに断言できるんだ。留子は転校してきたばかりだろ。なのに、黒森の動きに詳し過ぎる」

「そこが謎の転校生の所以よ」

「留子の目的はなんだ？」

「言えない」

彰比古は身を寄せている低木から離れようとした。

「帰る」

腕が掴まれた。

「出てきた」

咄嗟に、彰比古は身を低くしてしまった。これで留子とともに行動することが、決まってしまった。

黒森の背後には、三十人近い生徒が付き従っていた。ちょっとした、集団下校だった。それが体育会系の部活以上の統制の取れた隊列を組んで、黙々と行進していく。地面を鳴らすザッザッという規則正しい靴音が、聞こえてきそうだった。不気味だった。冷たく湿った足の生き物が、背筋を這い上がってくるような感覚に、彰比古は身震いした。

集団の最後尾が背中を見せてしばらくすると、留子は動き出した。

「追うわよ」

ふたりは緑地帯を下り、校門近くの道に出た。

人工的に造成されたニュータウンの住宅地を、整然と隊列を組む集団が進んでいく光景は、どこか現実離れしていた。地球によく似た環境を持つ、はるか遠くの忌まわしい惑星での出来事みたいだった。

一定の距離を保って、ふたりはあとを追った。夕暮れがニュータウンをオレンジ色に染め始めた。途中で、彰比古は気づいた。

「行先は異次元坂じゃないか」

「どうやら、そのようね」

「先まわりしよう」

彰比古は留子を脇道に誘った。

「遠まわりになるけど。この道を行けば、異次元坂の行き止まりの先に出る。走るぞ」

ふたりは走った。

「あいつら、ロボットみたいだ」

「催眠術にかけられているといったほうが、近いかも」

「異次元坂でなにするつもりだろう」

「スプーン曲げ大会？」

「ならば、こんなに走ってまで見物する価値はないけど」

彰比古は思い出していた。夏休み、初めて留子と出会ったのは異次元坂だった。そのあと、黒森とウータンを見かけたのも異次元坂だった。

異次元坂の行き止まり近くまで来たときは、ふたりとも息が切れていた。見上げると、坂の頂上にちょうど黒森の姿が出てくるところだった。慌てて、近くの物陰に身を潜めた。

黒森が背中を向けた。集団になにかを語っているようだが、その声は坂の下までは届いてこなかった。

やがて頂上に集団が横一列に並び出した。

一歩、黒森が前へ出た。片手が沈む夕日に向かって上げられた。集団も同じように片手を上げた。

「宇宙パワー」

集団が揃って上げた声が、あたりの静寂を揺さぶった。その不快な響きは、ふたりの鼓膜もしっかりと震わせた。

黒森は夕日をにらみ、上げていないほうの手を胸のあたりに当てている。坂の下にいても、彰比古は異様な張り詰めた空気が漂いだしたのを感じた。

やがて、坂の上にどよめきが起こった。みんなが目を見開いていた。

その視線を追って、彰比古はうしろを振り返り、空を見上げた。

最初は、夕日の眩しさに目がくらんだ。それに慣れてくると、夕日のまわりを不規則に飛び交う光の点が網膜に映ってきた。ひとつの光が突然ふたつに分かれ、またひとつになり、今度は五つになった。

「まさか」

彰比古は目をこすった。光は消えていなかった。今度は七つになり、夕日の近くを揃って急上昇し、ひとつになったと思うと直角に左に曲がり、すっと消えると、やや離れた場所に現れた。

「ＵＦＯ」

そうとしか、考えられなかった。

「あはは、空飛ぶ円盤なわけないでしょ」

留子は笑い飛ばしたあと、真剣な顔になって光を目で追い、胸に下げた黒いプレートを握った。

「だったら、あれも黒森の手品か？」

「黙ってて」

叱り飛ばされて、彰比古は黙ってまた、空を見上げた。あいかわらず光は飛び交っている。

と思ったら、光が消えた。

待っても、もう姿を現さなかった。

坂の頂上に目を転ずると、黒森が慌てていた。何度か強く胸を手で叩き、諦めると集団になにか命じた。集団はばらけて、あたりに散った。何人かは、坂をこちらへ下ってくる。

「まずい。逃げよう」

「……」留子の返事がなかった。留子は目を閉じて、なにかに集中しているようだった。彰比古は留子の肩を揺すった。

「おい、留子。しっかりしてくれ」

我に返ったように、留子は彰比古を見た。

「空を舞う光は？」

「消えてしまった。それより、逃げないと」

坂の途中に目を配りながら、何人かが迫っていた。

「ああ、見つかると面倒ね」

ふたりは急いでその場を離れた。

走りながら、彰比古はたずねた。

「留子が消したのか？」

「どうかな。ギターの弦を直すよりは簡単そうだけど」

留子はぐらかしてふっと笑って、舌まで出してみせた。16歳の彰比古は、そんな留子をかわいいと思ってしまった。

15

なにを期待していたんだろう。

その日、彰比古はギターを持ち出して弾くでもなく鳴らし、台風情報を伝えるテレビを眺めて時間を潰した。まとめて取った休暇は、まだまだ残っていた。もともと予定は未定の休暇だったが、こんな過ごし方になるとは思っていなかった。

将棋のあと、留子は寝室に引き籠ったままだった。いや、彰比古が居間に引き籠っているのかもしれなかった。

夜になって雨が降り出し、風も強くなってきた。交通機関の遅れや運休の情報が多くなり、最寄りの駅を走る私鉄も間引き運転を開始したとのことだった。

光児は帰ってこれるのだろうか。

少しだけ心配になったとき、電話が鳴った。光児からだった。

「迎えに来てくれないかな。電車が止まっちゃった」

「どこにいるんだ」

光児は直線距離ではここからそう遠くないが、鉄道では二度乗り継ぎが必要な駅の名前を告げた。

「友だちは一緒か？」

「ぼく、ひとり」

「いまから出る。どこか店に入って待ってろ」

しばらく間が合って、光児は言った。

「できれば留子は置いて、ひとりで来て」

「いいよ」

わざわざひとりで迎えに来いとは、どういうことだろう。彰比古は首をひねったが、すぐには理由が思い当たらなかった。いずれにしろ、留子と出かけるのは気まずかったので、ふたりで来いと言われるよりよかった。

電話を切ると、彰比古はためらいがちに寝室のドアをノックした。

「留子、いいかな」

「開けないで」

ノブに掛けかけていた手を、離した。

「光児を迎えに行ってくる。留守番を頼む」

「わかった」

留子は少し鼻声になっていた。

「風邪引いたのか？」

「寝てただけ」

一度ドアの前から立ち去りかけて、引き返した。

「台風だし、出かけないほうがいいと思うが、もしその、仲間と会うのなら電話をくれるなり、書置きするなりしてくれ」

「出かけない」

「なら、いいんだ」

もっと言うべきことがある気もしたが、そっとしておくことを彰比古は選んだ。大人の判断と言えば聞こえはいいが、優柔不断で先送りできることは先送りする、事なかれ主義の判断だった。

クルマのキイを持って、部屋を出た。地下の駐車場でエンジンをかけるとき、ちょっと不安になった。それほど、久し振りの運転だった。エンジンは無事かかった。

カーステレオから、入れっぱなしのCDが流れ出す。

三十年前、イセコーやウータンとコピーしていた曲だった。彰比古の音楽時間は、16歳のあたりで時を止めていた。バックミラーに顔を映してみる。時間は容赦なく流れていた。

「変わったり、変わらなかったり」

バックミラーを戻した。まもなく毎年車検になろうとするクルマなのに、トリップメーターは5万キロに達していなかった。買ってすぐ、つまり離婚してすぐの頃は結構ひとりでドライブに出たりもした。最近、いかに乗っていないか。行きたいところもないし。ガソリン代もバカにならないし。クルマだと酒飲めないし。だったら手放せばいいんだけど、それはちょっとさみしいんだよな。自分の自由に動くことが、できなくなってしまうみたいで。

雨は激しく、道は混雑していた。

昔は台風が来るとワクワクした。いまは、とくにワクワクしていない。めったに停電しなくなったせいだろうか。違う。自分の心の問題だ。それを停電とか、外部に要因を求める態度が、ワクワクから遠いのだ。

こんな、愚にもつかない自問自答ごっこを重ねて、彰比古は光児の待つ駅に辿り着いた。クルマを歩道に寄せて止め、電話を入れた。少し待っていると、光児が助手席に飛び込んできた。

光児は疲れた顔をしていた。

「しばらく電車に閉じ込められて参った」

「こんな日に、出かけるからだ」

「用事があったんだ」

「友だちとなら、いつでも会えるだろう」

彰比古はクルマを出した。出がけよりも、雨も風も強まっていた。もちろん、スピードは出せない。

「友だちというのは、嘘」

「嘘、なのか」

横目で助手席を見たが、光児は正面を向いていた。

「この先に、おじいちゃんとおばあちゃんの家がある」

「そうだったな」

元妻の両親のことだ。

「会いに行ってきたのか。こんな台風の日に」

「聞きたいことがあったから。母さんに聞けばわかるけど、家出中だし、そうでなくてもちょっとまずいかもしれないと思った」

「まずいのか」

「かも、だよ」

光児は黙った。彰比古もあえてたずねず、光児が切り出すのを待った。赤信号でクルマが止まったところで、光児は言った。

「留子、叔母さんの娘じゃないよね。というか、パパさんの妹に、ぼくと同じ年の娘はいない」

彰比古は内心、慌てた。台風だし、光児が赤信号を待ったのは正解だったかもしれない。ぼんやりした息子と侮っていたが、案外鼻が利く。調べられたのなら、認めるしかない。しかし、どう弁解したものか。

「そうだ、嘘をついた。留子はおまえの従妹ではない」

「だったら、留子はなんなの」

「その説明が難しいから、嘘をついた」

「時間はあるよ。説明して」

信号が青に変わった。彰比古は息を整えてから、アクセルを踏んだ。

「時間の問題ではないんだ」

光児はまた黙った。信号が赤になるのを、待っているようだった。重苦しい沈黙がしばらくつづいたあと、信号が赤になった。

「留子はパパさんの愛人？　パパさんは独身だから、恋人か。そうなの？」

なるほど。そんな疑いを持ったのか。母親が再婚しようというときに、父親に自分と同じ年の恋人がいたとなれば、かなりのショックを受けても仕方ない。しかしそれは買被りすぎだ。お前の父親には、そんな度胸も甲斐性もない。

彰比古は、助手席の光児にしっかり顔を向け、その目を見た。

「留子とはそういう関係ではない」

光児の疑惑の視線が、少しゆるくなった。

「だったら、留子はなんなの」

またこの問いに戻ってしまった。これに答えられれば、苦労はしない。だが信じさせるのは困難を極めるし、それ以前に留子の承諾なしに話すわけにはいかない。この時代のこの世界にとって、16歳の留子は存在しないはずの実在なのだ。

彰比古は苦しくなった。知っていても話せない。もしかしたら、留子も同じ苦しみを味わっているのかもしれない。遅ればせながら、そう気づいた。

信号が青になった。アクセルを踏みながら、彰比古はたずねた。

「腹、減らないか」

「はぐらかさないで」

「そうじゃない。事故など起こさない場所で、きちんと話がしたいんだ。それに、トイレにも行きたい」

クルマはファミリーレストランの駐車場に入った。彰比古はここ何年かで、クルマに乗るとトイレが近くなった。振動のせいなのか、いつでもトイレに行けるわけではないという心理的プレッシャーのせいなのかはわからない。クルマに乗るのが億劫になった理由のひとつでもある。老化現象との自覚はある。

まずトイレに駆け込み、注文を済ませると、彰比古は財布をテーブルに置いた。

「話す前に、ひとつ質問させてくれ。光児はなぜ、留子が従妹ではないと思ったんだ」

光児は少し考えてから、口を開いた。

「従妹にしてはパパさんにもぼくにも、全然似てなかった。それにそんな従妹がいるなら、いままでに話が出ていいはずだ」

「たしかにそうだ。最初から疑っていたわけだ」

「そうでもない。なんかヘンぐらいにしか思ってなかった。本気で疑いだしたのは、昨日の夜だ。留子がパパさんの目を盗むようにして知らない男と会ってるのを見て、おかしいと思ったんだ。それで可能性を考えた。留子はパパさんの恋人だけど、他にも恋人がいて、手玉に取っている。それか、他の男とぐるになって、パパさんを騙している」

「まったく信用のない父親で、おまけに愚かなオジさんと思われているんだな」

さすがに光児は、はっきりと肯定はしなかった。ただし、否定もしなかった。

「なんとなくわかるけど、留子って、パパさんの好みのタイプでしょ」

この指摘は、我が息子ながら鋭かった。だが彰比古には鋭い理由もわかった。ぼく同様、光児も留子に恋していたのだ。

「さすがは親子だ」

とだけ、彰比古は言った。

「パパさんの番だよ」

うなずいて、彰比古は財布を開いた。

「留子を好みのタイプと見抜いたのは、いい線突いている」

彰比古は財布から、一枚の写真を取り出して眺めた。光児からは、白い裏側しか見えない。

「これ一枚しか持ってないんだ」

もったいをつけてから、写真をテーブルに置いた。色褪せかけた、古い写真だった。

「16歳のときの写真だ。余計なやつがふたり写ってるがそれは無視してくれ。自分の父親はわかるよな、そしてこれが」

「留子だ」

光児は不思議そうに、写真を眺めた。常識ではあり得ない一枚だからだ。

彰比古は首を横に振った。

「そう見えるよな。そっくりだから。でも、違うんだ。彼女は留子の母親だ。16歳のとき、つきあっていた」

「だったら、留子はパパさんの恋人の娘ってこと？」

「事情があって、少しの間だけ預かっている。大人の事情だから話せないけど、そこは構わないだろう」

事情を用意していなかったので、突っ込まれたらどうしようと彰比古は内心ヒヤヒヤだった。光児はただただ写真を見ていた。また嘘をついてしまったことを、彰比古は心で詫びた。いつか留子の許しが出たら、話してやろう。たぶん、信じないだろうけど。

「パパさんとぼくはあんまり似てないのに、留子の母親と留子はそっくりだ」

「おいおい、我々親子もまあまあ似てるぞ」

彰比古のボケにも、光児は反応してこなかった。かわりに目を凝らして見入ってから、ぽそっと呟いた。

「そういえば、似てる」

16

翌朝は、台風一過の快晴だった。

夜中にトイレに立つこともあり、歳とともにあまり長時間は眠れなくなりつつある彰比古だが、この日は早くに目覚めた。脳が興奮しているのかもしれなかった。

足元の寝袋で、光児は寝息を立てている。必要以上にぐっすり眠るのも、若さの特権だったんだなあ。彰比古はそっと伸びをして、音消しにしてテレビをつけた。

朝のニュース番組は、どこも昨日の台風関連について報じていた。各地で被害があったようだし、一部では昨夜来の交通の乱れがまだ完全には解消していないようだった。最寄りの駅を走る私鉄も、信号機の不具合で一部区間が不通になっていた。都内でも浸水や土砂崩れがあった。地球温暖化の影響なのか、異常気象による災害のニュースには慣れっこになっている彰比古だったが、なぜか画面から目を離せなかった。

そのうちに、見覚えのある風景が映し出された。ニュータウンの駅だった。彰比古は音消しをやめた。光児がごそごそと動いたので、すぐにヴォリュームを絞った。

ロータリーが泥でぬかるんでいた。電車は運行しているが、バスの姿がなかった。何か所かで崖崩れがあり、土砂や倒木で道路が寸断されているとのことだった。レポーターは、もともと無理な造成地の上、住民の高齢化、過疎化のため保守管理が行き届いていなかったのが原因と伝えていた。

彰比古の頭に最初に浮かんだのは、自分の住んでいた建物ではなく、通っていた高校でもなく、異次元坂だった。急な坂だし、最初から使われていなかったのだから、ほぼ放置されていたに違いない。

テレビに異次元坂の映像は出てこなかった。ザッピングしてよそのチャンネルでも探したが、各地の被害がひどくてニュータウンに割かれる時間は少なく、どこも駅前以外にカメラは行っていなかった。

1時間ばかりして、寝室のドアが開いた。留子が出てきた。昨夜は帰るのに時間がかかったこともあって、出かけて以来顔を合わせるのはこれが最初だった。

「おはよう」

「おはよう」

なるべく普通の声を出すよう心掛けた彰比古だったが、返ってきた声は素っ気なく平板なものだった。留子はまだ、こだわっている。それはわかったが、話しかけずにはいられなかった。

「ぼくの住んでいたニュータウンが、結構な台風被害に遭ったみたいだ」

「そうなの」

留子はあまり興味を示さなかった。

「何か所か崖崩れもあったみたいだ。異次元坂は無事かな」

「えっ、崖崩れ」

異次元坂と聞いて、留子の顔色が変わった。テレビの前にやってきて、ヴォリュームを上げた。

「どこも駅前の映像しかない。まだ細かい被害状況は把握できてないんじゃないか」

さすがに光児が目を覚ました。

そんな留子の様子に、光児が目でたずねてきたが、彰比古は首を傾げるしかなかった。

立ったまま、留子はめまぐるしくザッピングを繰り返していた。

「台風で、ちょっとな」

光児は寝袋から這い出てきた。彰比古が目で合図すると、わかっているとちいさくうなずいた。これからも留子は従妹として接する。そう約束させておいたのだった。

「どうかしたの」

ソファに座った光児は、頭を振った。

「なんか、頭痛い」

「風邪引いたか。昨日、濡れただろう」

「パパさんを待ってた店の、冷房が効き過ぎだったんだ」

「医者行くか」

「それほどじゃない」

彰比古はソファを離れて、棚から常備してある風邪薬を取り出した。水を用意し、一緒に光児に差し出した。光児は素直に薬を飲んで、ソファに横になった。

ダイニングテーブルの椅子に座ろうとした彰比古の腕が、留子にぐいと掴まれた。

「異次元坂に行かなきゃ」

留子の声には、有無を言わせないものがあった。

「わかった。連れていく」

彰比古は、留子の腕をそっと剥がした。

「でもその前に、トイレに行かせてくれ」

「トイレはあたしが先」

留子が消えると、光児がもの問いたげに彰比古を見た。

「異次元坂というのは、ニュータウンにある坂で、ぼくと留子、……の母親が出会った場所だ。なぜそこに行きたがっているのかは、さっぱりわからない」

「留子って、わかったと思うとわからなくなるね。気になるけど、ぼくは留守番してる」

「ひとりで大丈夫か」

「うん、もう少し眠れば治ると思う」

留子のあとに彰比古もトイレに行き、さっと支度をして、光児を残してふたりは出かけた。

道は空いていた。ニュータウン近くを走る高速道路も、被害はなかったらしく順調に流れていた。

なぜ異次元坂に行きたがるのか。気になったが、たずねなかった。留子が話せないのなら、彰比古も傷つくし、留子も傷つく。かわりに謝った。

「昨日は大人気ない態度を取って悪かった。留子は初恋の人だし、ずっと心のどこかで想いつづけてた人だ。なにも聞かずに、できる手助けはする」

「それはわかってるつもりだけど……」

高速道路を下りると、道は混雑し始めた。バスが運休しているせいかクルマの数が多く、一部道路閉鎖もあって、迂回路を行かなくてはならないところもあった。

それでもニュータウンに辿り着けないということはなかった。倒木や飛ばされた看板は見かけたし、泥水の跡が残るところもあったが、それほどの被害があったとも彰比古には思えなかった。

クルマは、彰比古が16歳の頃自転車で走りまわった道に入った。

「あれが、留子が通う高校だ」

高校の前で速度を落としたが、留子はちらっと見ただけだった。

「通えるかどうか、まだわからない」

彰比古にとっては過去であっても、留子にとっては未来なのだ。黒いプレートが修復できるとわかったいま、黒森から身を守ってさえいれば、彰比古の過去と留子の未来は重なるのではないのか。

台風のせいではなく、昼の陽射しのなかのニュータウンはくたびれていた。高校の校舎も建て替えされず古いままだったが、ほとんどの集合住宅や一戸建てもそのまま歳月の荒波を受けていた。整然と手入れされていた緑地帯も、人手の入っていないところが目立った。なにもなかった丘陵を切り開き、人工的につくられた街には、働き盛りの夫婦とその子供という限られた世代ばかりが一斉に入居してきた。子供は大きくなれば、街を離れる。大人は年老いれば去っていく。次の世代には、三十年前のニュータウンは古びて魅力がない。かくして、役割を終えたニュータウンはゴーストタウンへの道を歩んでいる途中だった。

異次元坂が見えてきた。

かつて自転車で汗をかきながら上った急坂を、彰比古はアクセルを強めに踏んで軽々と上っていった。

頂上の手前でブレーキを踏んだ。

ロープが張られ、「通行止」の看板が置いてあった。

「なにがあったんだ」

彰比古が呟いたときには、留子は助手席から飛び出していた。慌てて、彰比古はあとを追った。留子はロープを掴んで、前のめりになり、薄玻璃《うすはり》のガラスが細かく砕けるときみたいな悲鳴を上げた。

「異次元坂が壊れてる」

そのまま、その場にしゃがみこんでしまった。

彰比古は、目を疑った。

坂の下は土砂で埋まっていた。道の両側の緑地部分が、下へと崩れてしまっていた。

「ひどいな。台風のせいか」

留子が、強く首を横に振った。

「違う。きっと、台風を利用して、黒森真唯がやったんだわ」

「そんなことできるのか」

ふらふらと留子は立ち上がった。

「黒いプレートは、移動装置であると同時に、その機能上少しだけ次元を歪めたり、重力を操ることもできるの。台風で地盤が緩み、空間も歪んでいるときなら、局地的な崖崩れぐらい起こせる」

そうかもしれない、と彰比古は思った。ここに来るまでの被害と、異次元坂の状況には隔たりがあった。他にも崖崩れは起きているようだが、ここは急とはいえ坂だ。しかも土砂はまわりに拡散することなく、巨大磁石で吸い寄せられたかのように坂の下に集中していた。不自然といえば、不自然だった。

「でも異次元坂を壊すことに、なんの意味があるんだ」

留子はクルマに戻っていった。彰比古もそれに従った。

「異次元坂を下りきったあのポイントは、A-1世界とD-16世界を繋ぐ、トンネルの出入口みたいな場所なの。特異点と、あたしたちは呼んでる。それが埋められてしまったわけ。あたしはこの時空間に閉じ込められてしまった」

説明するというより、自分の頭を整理するかのように、留子は力なく話した。

「他にも特異点は存在しないのか」

「あるわ。この国にも、いくつかはある。通常なら、そこを使えば自分のいた世界に還れる。だけど時間軸をずらされて三十年先の未来に来てしまったあたしの場合、同じ特異点からでないと還ることができない」

「黒いプレートが修復されても?」

「意味はないわ」

彰比古は留子を慰めたかった。抱きしめてやりたかったが、誤解されると困る。オジさんは疑われやすい生き物だ。

「この程度の土砂崩れ。すぐに復旧されるさ」

「だといいけど、ずっと使われてなかった道でしょ。放置されるかもしれないし、別のかたちにされてしまうかもしれない。地形が変わると、特異点でなくなるかもしれない」

「黒いプレートを修復してくれている、仲間に相談してみれば」

「そうね。でも、こっちからは連絡できないの。どこにいるかも知らないし」

自分にできることがあるかもしれない、彰比古はそう思った。

Ⅵ

彰比古が教室に入ると、ウータンが駆け寄ってきた。黒森たちのあとを追った、翌朝のことだった。

「大変なんだ。黒森が留子をどこかへ連れ出した。すごい険悪な雰囲気だった」

「昨日のこと、バレてたんだな」

「なんの話？」

「いや、それはいいんだ。探さないとな」

自分の机に鞄を放り投げると、彰比古は教室を出ようとした。ウータンが引き止める。

「どこか、当てはあるの」

「ある」

ふたりは廊下を走り、階段に出た。

「ぼくは屋上へ行く。ウータンは体育館の裏へ行け。校内でのケンカは、そのどっちかが定番だ」

返事も聞かず、彰比古は階段を駆け上がった。こんなことなら、朝飯をちゃんと食べてくるんだったと後悔し、息を切らせながら。

屋上へ出るドアを開けると、中央で留子と黒森が対峙しているのが、目に飛び込んできた。

「これ以上、邪魔すると」

「これ以上、反抗すると」

ふたりは同時に、相手を怒鳴りつけた。

迫力に、彰比古の足が止まった。ふたりとも、怖い。いまにもどちらかがナイフでも抜きそうに、空気が張り詰めていた。

ナイフを抜く代わりに、黒森が胸に手をやりかけた。

留子が危ない。黒森が宇宙パワーだか手品だかを使うときは、必ず胸に手をやる。

彰比古は止めようとした。

「ふたりとも、やめるんだ」

彰比古より一瞬早く、だれかが声を上げた。振り返ると、いつのまにかイセコーがすぐそばに立っていた。

黒森は手を下ろした。

「階段を駆け上がるトーザイを見かけて、追いかけてきたんだ」

彰比古に説明してから、イセコーは留子と黒森に近づいた。

「暴力はいけない。やがては世界を滅ぼす」

黒森はあっさりうなずいた。

「そうね、平和を愛する伊勢くんに従っておくわ。宇宙パワーの無駄遣いはやめた」

一時間目の始まりを告げる、チャイムが鳴った。

黒森は速足で戻っていった。入れ替わりに、息を切らしたウータンが屋上に出てきた。

「ここにいたんだ。どうなった？」

「なにも起きなかったよ。イセコーが止めた」

留子は笑った。

「止めてくれなければ、正義と悪の最終戦争に巻き込まれて、地球は爆発してたかも」

「あまりおもしろい冗談ではないな」

イセコーは留子をたしなめた。

「では、引き上げますか」

彰比古たちも、ぞろぞろと教室へ戻った。

その日のロングホームルームの時間、議題は「生徒会選挙」だった。

「いよいよ、か」

留子は、彰比古の耳を引っ張り、囁いた。

「文句はあとで聞くから。あたしに逆らわないでね」

「どういう意味だよ」

「すぐにわかる」

生徒会選挙には、各クラスから最低ひとりはなんらかの候補を出さなくてはならない決まりだと、進行役の学級委員から説明があった。

「立候補者がなかった場合は、クラスからの推薦で出てもらうことになります」

みんな、生徒会など面倒だと思っているので、推薦されないように一斉に気配を消し、身をちいさくし始めた。ステレオのヴォリュームをいっきに絞ったみたいに、教室のなかがしんとなった。

「どなたか、立候補するひとはいませんか」

学級委員の声に、黒森が手を上げた。

「はい、生徒会長に立候補します」

学級委員は驚いていた。立候補者がいるとも思っていなかったし、ましてやもっと責任の軽い副会長や書記、会計ではなく生徒会長になりたがる人間がいるなんてまったくの予想外だったのだろう。

「1年生でも生徒会長に立候補できますが、たしか過去に当選例はなかったと思いますが、それでもいいですか」

「構いません」

学級委員は黒板に「生徒会長候補　黒森真唯」と記した。

「はい」

そのとき、留子が手を上げて、さっと立った。

「西東彰比古くんも、生徒会長に立候補するそうです」

「ええっ、それかよ」

彰比古は慌てた。いくら留子の命令でも、生徒会長は荷が重過ぎた。目と顔の表情で必死に抗議したが、留子に睨み返されて、身が竦んでしまった。逆らったら、ただでは済みそうにない。それに彰比古は、留子に恋していた。

「西東くん、立候補しますか」

学級委員がたずねると同時に、留子が彰比古の足を思い切り蹴ってきた。

彰比古は足をさすりながら、立ち上がった。勘弁してほしいんだけれど、と懇願の目を向けたが、留子は知らん顔だ。と思ったら、ぱっと向き直ってウィンクしてきた。

わざとらしさ満載だったが、かわいかった。

「しま、す」

そう答えるしかなかった。

「生徒会長候補　西東彰比古」

黒板に黒森と並んで、名前が記された。


ロングホームルームが終わると、イセコーとウータンには先に部活に行ってもらって、彰比古は留子と教室に残った。

「なんで」

問い質そうとする彰比古を制して、留子は言った。

「ウータンのため。わかる？」

「わからない」

彰比古は首を横にぶるるんと振った。

「簡単なことなのに。いい、放っておいたらウータンは、生徒会長には黒森に一票を投じるし、下手をすれば選挙運動を手伝うかもしれない。だけど友だちのトーザイが立候補すれば、こっちを応援せざるを得ない。自然と黒森とは距離ができるってわけ」

「なるほど」

納得しかけたが、それだけとは思えない。

「それはぼくの説得材料で、留子のねらいは他にもあるんだろ」

「前にあたしが話したの覚えてない？　黒森は生徒会を支配するつもりだって」

「言ったような気もする」

「トーザイは笑ったけど」

「実際に黒森は立候補したな」

「普通、1年生で生徒会長には立候補しないから、なかには黒森がどんな人間か知らず、同学年というだけで投票してしまう1年生もいるかもしれない。その票をばらけさせる。とにかく黒森の当選を阻止するためには、トーザイにがんばってもらわないと」

「目的は黒森の得票数を下げることで、当選する必要はない、と。だったら、留子が立候補すればいいじゃないか。それでもウータンは応援するよ」

留子はとっておきといった笑顔をつくった。

「こんなかわいい1年生のあたしが立候補したら、当選しちゃうじゃない」

悔しいが、ドキドキするほどかわいかった。

ふたりは並んで、第二音楽室へ入った。留子は大きな声で、部員に挨拶した。

「このほど、ここにいる軽音楽部部員の西東彰比古が、生徒会長に立候補しました。わたくしは選対本部長の時岡留子です。みなさん、西東彰比古、西東彰比古に清き一票をよろしくお願いします」

部員はみな、驚いていた。彰比古は、ひたすら恥ずかしかった。寄ってきた先輩部員たちに、頭を下げた。

「すみません。なりゆきで」

留子はイセコーとウータンに告げた。

「作戦会議を開くから、ふたりとも今日は部活を休んで」

ふたりに、すまんと彰比古は手を合わせた。仕方なさそうに、ふたりは楽器をしまった。

「さあ、行くわよ」

留子に背中を押されて、彰比古たちは第二音楽室をあとにした。

留子がおごるというので、ニュータウン内にあるミニ商店街の喫茶店に入った。4人揃って、ナポリタンセットを注文した。

食べ終わると、留子は食後のコーヒーを啜りながら、イセコーとウータンに確認した。

「ナポリタンも食べたんだし、そうでなくとも友だちのトーザイが立候補したんだから、全面協力してくれるわよね」

「もちろん」

とイセコーはすぐに応じた。

「ぼくもするけど……」

ウータンは歯切れが悪かった。

「黒森の手前、あまり表立って動きたくはない、と」

留子が、勝手につづきを口にした。ウータンは俯いた。

「じゃあ、作戦会議の前に、ウータンにたずねておく。宇宙パワーとか、信じてるの？」

ウータンは俯いたまま、好き嫌いの激しい子供が苦手なピーマンを咀嚼《そしゃく》させられているみたいに、辛そうな声でぼそぼそと答えた。

「あるかもしれないし、ないかもしれないと思ってる。スプーンが曲がることには、あまり意味があると思ってない。UFOが呼べるとしても、それだけで驚くこともないと思ってる。そのうち科学で説明がつく現象かもしれないし、留子が言うように手品なのかもしれない。でも黒森の言う通りこの世界は滅亡に向かっていると思うし、黒森真唯には惹かれている」

「異性として？」

遠慮のない留子の問いに、ウータンは赤くなって、より俯いた。

「それもある、のかな。でも、それだけじゃない。黒森は、ぼくにない強いものを持ってる。どこかに導いてくれそうな気がするんだ」

「悪い方向へ導いてたら、どうするの」

「わからない。ただ」

ウータンは黙った。留子は黙らせなかった。

「ただ、なに？　話して。顔を上げて、ちゃんと話して」

ウータンはゆっくりと顔を上げた。

「黒森は弱さも、ぼくに見せてくれた。黒森には、ぼくに似た感じの弟がいたらしい。先天性の病があって、何年も入院したままで亡くなったそうだ。そのときの黒森は、まだ宇宙パワーをうまく使えなかった。いまなら、弟を救うことができたのにって、涙を浮かべていた。ぼくは健康だけど、その弟と同じ悲しい目をしているらしい」

「だとしたら同情するし、支え合いたくなるわね」

留子はしんみりと言ってから、ウータンの手に手を重ねた。

「実はあたしにも、弟がいたの。ウータンには似てなかったけど、音楽が大好きだった。やっぱり、バンドをやっていたわ。担当はドラムだった。いつも手でリズムを取っていた。あと、いつも笑顔だった。ドラムはバンドのムードメーカーだから、みんなが演奏しやすくなるよう、正確なリズムと陽気な笑顔が必要なんだって。でも、交通事故で呆気なく亡くなってしまった」

ウータンは留子の手をしっかりと握り返した。

「そうだったんだ。留子も弟を亡くしてたんだ。わかるよ、弟さんの気持ち。ぼくはベースだけど、同じことを思って演奏してるから。うまくできてはいないけど」

留子はウータンの手をそっと離した。

彰比古は、留子の話に感動しかけて、なんだか出来過ぎた話のように思い直した。黒森も留子も、ともに弟を亡くしている。そんな偶然もあるだろうけど、黒森の弟はウータンに似ていて、留子の弟はウータンと音楽という共通項があるなんて。

「ウータン、残念な話があるわ」

留子の声の調子が変わっていた。

「黒森真唯には、死んだ弟なんていない。ウータンを仲間に引き入れるための、作り話よ。たぶん取り巻きにも、それぞれに合わせた作り話をしていると思う」

ウータンはうろたえていた。落ち着こうとコーヒーに手を伸ばしたが、手が震えていてテーブルにこぼしてしまった。すぐにイセコーがお手拭きで拭いてやった。

「なんで、弟がいないって知ってるんだ」

「謎の転校生として自分の過去には触れたくなかったけど、話すわ。あたし、以前に黒森と同じ世界、いえ、地域に住んでいたことがあるの。黒森の家族はいかがわしい宗教的な活動をしていて、そこでは有名だった。だから、知っている。黒森に弟なんていない」

「そんな」

「ウータンのことを少し観察していれば、どんな話に共感するかわかる。あたしにも弟はいない。黒森の嘘を暴くために、嘘をついた。ごめんね」

17

落ち込んでいる留子を見かねて、彰比古は光児に小遣いを多めに渡して、ふたりで出かけさせた。いま、留子ができることはない。考えても、事態は好転しない。留子に必要なのは、気分転換だ。彰比古にはやるべきことが、いくつかあった。

黒森のことはあまり心配していなかった。たとえ留子の命を狙っているとしても、異次元坂が壊れているときに襲ってくるとは思えなかった。正しい時間にも、A－1世界にも戻れない以上、黒森にとって留子は半分死んだようなものだ。それにこの状態が長くつづけば、留子は次元の迷子になって消えてしまう。

「どこに行けばいいのかな」

「映画もいい。テーマパークでもいい。楽しい時間を過ごさせてやってくれ。それと、余計な質問はしないこと」

「難しい」

「慣れないうちは、男子にとってデートは楽しい以上に難しいものなんだ」

人生の先輩ぶって尻を叩き、ふたりを送り出した。デートまでは辿り着かなかったが、自分は留子に振りまわされっぱなしだったくせに。

ひとりになると、彰比古はまずニュータウンの市役所に電話を入れた。住民を装って、異次元坂の復旧工事についてたずねた。電話をたらい回しにされた挙句わかったことは、まだなにも決まっていないということだった。しつこく食い下がると、利用度の高いところから復旧させていくので、しばらくは手つかずだろうと遠まわしに告げられた。坂自体が無くなったり、べつのかたちに改修される可能性については、住民の理解を得た上ならばそうなることもないとは言えないと、ますます曖昧な返事が返ってきた。

結局、すぐには直らないのだ。だろうな。長いあいだ、ほとんどだれにも使われずにいた坂だ。通行止めになっても、困るひとはいない。まわり道もあるし。予想していたことだけど、行政は当てにできない。だとしたら……。

次にイセコーに電話をしてみた。近いうちに会おうと約束していたし、たずねてみたいこともできていた。

「おかけになった電話は、電波の届かないところにあるか、電源が切れています……」

機械的なメッセージが聞こえてきた。たまにあることだ。だが、彰比古には引っかかった。異次元坂が壊れた、直後なのだ。

もう一件電話をして、彰比古は外出した。電車に揺られて何年振りかの駅に下り、さらにバスに乗り換えて着いた場所で、2時間ばかり久し振りの作業に取り組んで過ごした。

そのあいだに何度かイセコーに電話したが、すべて圏外だった。駅に戻った彰比古は、もう一度イセコーに電話をしてみた。やはり、圏外だった。イセコーの会社にかけてみると、夏季休暇を取っているとのことだった。海外にでも、バカンスに出かけたのだろうか。それとも、電波も届かない山奥の湯治場とかに。

気になるので家をたずねてみようかと思ったが、彰比古にはそれ以上に確認しておきたいことがあった。

また電車をいくつか乗り継ぎ、彰比古はニュータウンの駅に下り立った。すでに夕暮れに近い時刻だった。蝉時雨のなか、彰比古は異次元坂に向かった。留子と行ったときは、変わり果てた坂の姿と留子のうろたえぶりに、どの程度に土砂が崩れているのかしっかり確かめていなかった。それに、さびれてしまった街を自分の足で歩いてみたくもあった。

　通っていた高校の前を通り、閉鎖されすべての店のシャッターが下りてしまっているミニ商店街を抜け、人気のないＵＦＯ公園に入った。ペンキの剥げかけたベンチに座って、汗を拭いた。

　彰比古は、三十年の歳月を思った。少年が老い易いのは、本当だった。学はもちろん、恋も成り難し。

　夕日に伸びた長い影が、彰比古を覆った。

「西東くん」

　ぼんやりと空を見ていた彰比古は、正面に視線を向けた。

　いつのまにか、ＵＦＯに似た彫刻をバックに黒森真唯が立っていた。

「疲れてる？　それとも感傷に浸ってる？」

「両方さ」

　彰比古は用心して、ゆっくりとベンチから立った。

「待ち伏せていたのか」

「いいえ、散歩の途中に見かけたから、声をかけただけ。三十年前に大久保くんにやってみたように」

彰比古は蚊に刺されまくった夏の夜を思い出した。

「ここでイセコーとも話していたよな」

「あれは呼び出されたの。用件は告白ではなかったけど」

黒森は片手を胸に当てた。

「異次元坂に行く前に、うちに寄っていかない？　冷たいものでも飲んでいけば」

「ここに住んでいるのか」

「ええ、16歳のときに住んでいた部屋が空室だったから、借りることにしたの。その部屋に限らず、空室だらけだけど」

もしかしたら、黒森に魔術をかけられたのかもしれない。彰比古はそう思ったが、寄ってみる気になっていた。どうせいつかは、黒森とは対峙しなくてはならないんだ。逃げても仕方ない。

「いいだろう。宇宙パワー研究会の本拠地を見せてもらおう」

「古い話ね。もうそんなものは存在しないわ」

先を行く黒森の背中を、彰比古は眺めた。自分のように中年太りはせず体型を保っている黒森だったが、それでも16歳のときとは違う肉づきをしていた。探せば白髪もあるだろうし、髪を染めているのかもしれない。黒森の上にも、歳月は流れていた。

同じ高さ、同じ長さ、同じ外観の集合住宅のひとつの階段を、黒森は上がっていった。

「部屋は最上階の4階なの。いまとなっては、ちょっとしんどいわ」

エレベーターはない。狭い階段を上った。

錆びたドアに、表札はなかった。

「ここ。向かいは空室。4階はとても不人気なんだって」

ドアが開けられた。黒森につづいて、少し緊張して彰比古は玄関に入った。緊張はすぐに解けた。他人の部屋だが、懐かしかった。彰比古が住んでいた部屋と、似たようなつくりだったからだ。内装もあまりいじられていなかった。ただ、最低限の家具しか置かれていなかった。ダイニングテーブルはなく、ふたり掛けのソファがあるきりだった。

「座って、寛いで。いま、コーヒーを淹れるわ。それとも、お酒がいい？」

示されて、彰比古はソファに腰を下ろした。

「とりあえず、水が飲みたい」

「警戒しているのね」

黒森は冷蔵庫からミネラルウォーターを取り出し、コップに注いだ。

「ここの水道水、こんなにまずかったかしらと思うくらいひどい味がするの」

「きっと水道管か貯水槽のせいだよ」

「すべてが古くなってしまったものね」

「ぼくも黒森も」

「でも時岡留子は16歳のまま」

コップが渡されたが、いまの一言で彰比古は飲むのをためらった。

「安心して。毒も、睡眠薬も、カルキもなにも入れていないから」

彰比古は水に口をつけてから、思っていた以上に喉が渇いていたことに気づいた。

「留子のことはきみが仕組んだんだろ」

ソファの空いたスペースに、黒森は腰を下ろしてきた。

「これしか椅子がないの」

黒森の体温が、彰比古の肌に伝わってきた。

「正確には、あたしの仲間が時岡留子をこの時間に迷い込ませた。あたしはある実験をするために、この世界にやってきた」

「高校の支配だろ」

「その通り。時岡留子はそれを妨害するために、送り込まれることになった。それに気づいた仲間が、三十年後に飛ばした。なのに、戻ってきて、あたしの邪魔をした。それがいまのところの事実」

彰比古は頭がぼんやりしていくのを感じた。

「なにか、入れたな」

黒森は彰比古の頬を撫でた。避けようとしたが、からだが言うことを聞かなかった。

「なにも入れてない。誓うわ。西東くんがこれから気絶するのは、あたしが宇宙パワーを使ったから」

彰比古の意識は薄れていった。


くちびるをなめくじが這っていた。ぬるぬると這っていた。薄気味悪いくすぐったさに、彰比古は鳥肌を立てて目を開いた。

すぐそばに目があった。黒い瞳孔が、瞳と瞳が触れ合いそうな間近から、じっと彰比古を凝視していた。月明かりが、窓から差し込んでいた。夜になっているようだった。

薄い光に映し出されたうごめくものは、なめくじではなかった。彰比古のくちびるを這っているのは、黒森真唯の舌だった。

「やめろ」

撥《は》ね除けようとしたが、手が動かなかった。

舌が離れた。

「無駄よ、手足の自由を奪ってあるから」

黒森の手のひらが、彰比古の腹をなぞった。その感触があまりにはっきりとしているので、彰比古は視線を落とした。

彰比古は裸にされていた。なにひとつ身に着けず、ベッドの上に仰向けに寝かされていた。

「下腹が弛《たる》んでいるけど、許してあげる。大久保くんよりは、鍛えているみたいだから」

留子のために鍛えたんだ。黒森に晒すためじゃない。そう叫びかけたが、その前に彰比古は、黒森の言葉を胸の内で反芻した。大久保くんよりって。

「黒森、ウータンにも同じことをしたのか?」

黒森は彰比古の耳に息を吹きかけてから、囁いた。

「しないわよ。縛ったりしてない。大久保くんは嫌がったりしないと、わかっていたから」

耳たぶが噛まれた。痛いが、声を出すほどではない程度に加減して。

「いつだ」

「亡くなる前日。こっちの世界に戻ってきて生活基盤を整えてから、あたしがまずしたのは大久保くんに会うことよ」

「おまえがウータンを殺したのか」

「まさか。復讐はしたけど、自殺させようとまでは思っていなかった。あたしが会ったとき、大久保くんは鬱状態だった。いろいろと問題を抱えて、生きていることに疲れていたわ。あたしは崩れかけた崖に、最後のひと揺れを加えただけ」

黒森は彰比古の首筋を舐めた。彰比古の背中に、ぞわっとした悪寒が走ってあとに甘い痺《しび》れを残した。呻くように、彰比古はたずねた。

「なにをしたんだ」

「大久保くんはあたしとの再会を喜んでいた。一緒に酒を飲んで、悩みを聞いたあと、寝た。大久保くんは荒々しく果てたけど、あたしの満足はそのあとに取っておいた。あたしを抱いた大久保くんに、あたしは一枚の写真を見せてあげた。本当は三十年前に見せたかった写真を」

彰比古の目の前に、黒森は写真を差し出した。

幼い黒森の横に、もっとちいさな男の子が写っていた。

「あたしと弟。大久保くんにはどこも似てないし、病気で亡くなったわけでもなかった。その意味では、あたしは大久保くんを騙した。それは宇宙パワー研究会へ勧誘するためであったことも認めるけど、それだけじゃない。弟はテロに巻き込まれて死んだ。そんなことを言ったら、あたしが別の世界から来た人間だと教えなくてはならない。それができなかったから、嘘をついた」

熱いしずくが、彰比古の頬に落ちてきた。黒森の涙だった。

「なのに時岡留子は、あたしが嘘つきだと吹き込み、大久保くんもそれを信じた。その間違いを正してあげたの」

黒森はベッドの脇に立って、衣服を脱ぎだした。

「もう、会わない。そう告げて、あたしは去った。あたしの大久保くんへの復讐は、これで終わった。残りの人生を後悔して送らせる。それであたしは満足だった。けれど、大久保くんは死を選んだ。弱かったのね」

彰比古はイセコーと連絡が取れないことを思い出した。

「イセコーにも復讐したのか」

「ええ、伊勢くんには、別のかたちでね。もう、彼とも会えないかもしれないわね」

黒森は全裸になり、彰比古の上に馬乗りになってきた。張りを失っていない胸の上、いつも黒森が手を当てていたあたりに古い傷痕があり、内側が暗い点滅を繰り返していた。

「これ？　ここにあたしの異世界航行装置が、埋め込んであるの。だれかみたいに、傷つけられたり、壊されたりしないように」

弾力のあるふくらはぎが、彰比古のわき腹を締めつけてきた。

「今度は西東くんの番。されるがままにしていれば、あたしの復讐は終わる。あたしと寝たことで、あなたは時岡留子を裏切る。16歳の留子は抱けずに、かわりにあたしを抱いた情けないオジさんとして、これからの人生を生きていきなさい」

黒森の顔がぐいと落ちてきた。くちびるが吸われる。肉付きがよく弾力のある胸のふくらみが、彰比古の胸に押しつれられる。黒森の手が彰比古のからだを下へと伸びていく。

「やめろ、こんなことしてなんになる」

「気持ちよくなるわよ。そのあとは、知らないけど。苦しくても、西東くんは自殺はしないでしょ」

黒森の手のまさぐりに、彰比古は目を閉じた。

ウータン、助けてくれ。ぼくを守ってくれ。

18

黒森の部屋から解放されたときには、ニュータウン全体が毛布にくるまって寝息を立てる時刻になっていた。もともと空室が多いうえ、住人は寝るのが早い老人ばかりのせいもあってか、集合住宅の部屋のあかりはすべて消えていた。

シャワーを浴びたい、と彰比古は思った。汗もかいたが、それよりも穢《けが》れを洗い流したかった。

情けないオジさん。

黒森はそう言った。まさに、そのものだった。留子のいる自分の部屋に、まっすぐ帰る気にはとてもなれなかった。

無意識に足は異次元坂に向いていた。

グラスに放置されたパーティー後のシャンパーニュみたいに気の抜けきった中年のからだには、坂の勾配がとてつもなくきつく感じられた。足を引きずるようにして、彰比古は坂を上った。「通行止」の標識が遠かった。鈍く響く足音の間隔が、長くなっていった。それでも頂上まで辿り着いた。

行く手を阻むロープを跨ごうとして、彰比古は足を取られて転んだ。

あまり痛みを感じなかった。痛覚だけでなく、五感のすべてが脳と接触不良を起こし、弱く途切れ途切れにしか伝わってこなかった。視界はぼんやりしていたし、耳は静けさを拾おうとはしなかったし、あたりに漂っているはずの土や緑の匂いは鼻を素通りしていた。

這うようにして、彰比古は坂の下を見た。

闇、だった。

あそこにウータンはいるのかな。そう思った。イセコーも行ってしまったのかな。

ぼくも。

彰比古は力なく首を振った。ぼくは情けなさを引きずってでも、生きていくんだろうな。まあ、人生の後半なんて、どのみちそんなものかもしれない。黒森の復讐がなくたって情けないオジさんだし、これからもっと情けなくなっていく。それでもウータンみたいな思い切った選択はできない。ゆっくりゆっくりと死に向かって這いずっていく身なのに、なすべきなにかがあるわけでもないのに、だれかに必要とされているわけでもないのに。

いや、あるんだ。留子だけは守り、無事に還してやらなくてはならない。

でも、今夜は顔を合わせたくない。

のろのろと立ち上がって、ロープの外に出た。少し考えて、彰比古は光児の携帯電話を呼び出した。息子とも、会話をするのは気が重かったが、留子の声を聞くよりはましだった。

「パパさん、遅くなるなら連絡してよ」

「すまん。いろいろあって、今日は帰れそうにないんだ」

「そうなの。ぼくも今日は大変だったよ。デートなんて、楽しいばかりじゃないね」

そう語る光児の声は弾んでいた。もっと話したがっているのは伝わってきたが、抱えている情けなさが増幅されるようで彰比古はしんどかった。

「明日は帰る。それまで留子を頼む。じゃあ、まだやることがあるから」

手短に言って、電話を切った。

やることはなかった。とりあえず、異次元坂から離れることだ。どこへ行こうか。

また、駅前のビジネスホテルにでも、泊まるか。

重い足取りを引きずりながら、イセコーに電話をしてみた。繋がらなかった。

夜はとっくに更けているのに、長い夜になりそうだった。

Ⅶ

「5人か。悪くない人数になった」

掲示板に貼り出された生徒会役員選挙の立候補者一覧を見て、留子は満足そうにうなずいた。

黒森真唯、西東彰比古、それに2年生の名前が3人あった。留子の予想通り、宇宙パワー研究会は、副会長、書記、会計にも候補者を立てていた。

「これなら、うまく票がばらけてくれそう」

「ぼくにも少しは票が入るかな」

「それはここにいる4人だろ。しかも、ぼく自身を含めての数だ」

「当選したいの？」

「まさか。ただ、あんまりみっともない数だと、肩身が狭くなるだろ」

イセコーが下馬評を教えてくれた。

「いま副会長をやってる2年生の候補が本命。他の2年生ふたりが対抗。黒森は大穴扱いだが、組織票を伸ばした上で1年生票を取り込めば、いっきに状況は変わる」

ウータンの頬がかすかに引き攣ったのを感じて、彰比古はおどけた。

「ぼくの名前がないいんだけど」

「トーザイは無印。でも1年生票が結構入るだろうから、恥はかかないよ」

「立候補した時点で、恥はかいてるよ」

留子とイセコーが遠慮のなさすぎる大笑いをした。ウータンもこれには笑っていた。

「ずいぶん楽しそうね。泡沫候補陣営のみなさん」

振り返ると、黒森が取り巻きを従えていた。

「当選を目指してないから、気楽なの」

黒森は留子の前に立った。

「こちらは全員当選を目指して、全力を挙げるわ」

「入るよ、最低4票」

「せいぜいがんばって下さい。応援はしてませんけど」

留子の嫌味に顔色を変えることもなく、黒森はウータンに話しかけた。

「大久保くん、投票をよろしく」

ウータンは弱々しくだが、首を横に振った。

「ぼくはトーザイを応援する」

「だったら、今日限り敵ね」

「きみには、ひとを惹きつける力がある。でもそれを悪用してはいけないんだ。ぼくはもう、きみに騙されない。ぼくによく似た弟がいるなんて嘘は、ついてほしくなかった」

ウータンの言葉に、黒森は動揺した。それまでの工場視察に訪れた経営者一族みたいな尊大な顔つきが、自社株の暴落を告げられたみたいに歪んだ。

「ちょっと待って。だれがそんなことを言ったの。わかったわ、時岡留子、あなたね」

「だって、嘘でしょ。それとも写真でも持ってる?」

黒森は返事に詰まった。黒森の動揺は、仲間の動揺を誘った。ここぞとばかりに、留子は革命戦士のように叫んだ。

「みんなも目を覚まして! よく考えて! 嘘に気づいて!」

黒森も負けずに叫んだ。魔女らしく、金切声で。

「黙りなさい！　時岡留子、あなたにはいずれ天罰が下るわ」

黒森は指さした。

「大久保くん、伊勢くん、西東くん、あなたたちにも」

取り巻きに顎で合図をすると、黒森は足早に去っていった。あとに従う取り巻きたちの足並みは、いつもほど揃っていなかった。

「思わぬ大成果。ウータン、立派だった」

はしゃぐ留子に肩を叩かれながら、ウータンは打ち沈んでいた。

「これでよかったのかな」

「いいに決まってるじゃない。ウータンの言葉で、何人かは自分も騙されているんじゃないかって、疑問を持ったはず。その疑問は伝染して、宇宙パワー研究会の団結力を弱める。選挙にも大きく影響するはず」

留子が叩いたのとは反対のウータンの肩に、彰比古はそっと手を置いた。はしゃぐ留子の姿に、納得のいかないものを感じていた。かわいい、けど。


放課後にあった立候補者への説明会に、留子は彰比古の付き添いで出席した。許される選挙運動は、現生徒会が発行する広報への公約文の掲載、ポスターの貼り出し、昼休みを使っての活動、投票前の全校生徒へ向けての演説ということだった。

ふたりで下校しながら、彰比古は溜息を吐いた。

「結構面倒じゃないか。公約文なんて、ぼくには書けないぞ」

「書けるよ。文面はあたしが考えてある」

「どんなの」

「高校に平和を」

「それだけ？」

「それだけ。シンプルでいいでしょ。それとも、部活時間の延長とか、校則の緩和とか、早弁の公認とか、そんなこと考えてる？」

「べつに。なにも考えてない」

「ポスターはイセコーとウータンに書いてもらうつもり。トーザイの似顔絵に吹き出しつけるの。高校に平和を、って」

「いいかもね。昼休みは？」

「なにもしない」

「しなくていいのか？」

「ネガティブキャンペーンは禁止されているから、やることないし」

「最後の演説は？」

「そこが問題よ。黒森の演説を無力化しなくちゃ」

彰比古は空を仰いだ。青い空にすっと白い線を引く飛行機雲があった。

「ときどき、留子がわからなくなる」

「謎の転校生だから」

黒い球体から留子が現れるのを、彰比古は目撃したはずだ。たぶん。だからというわけでもないが、胸をよぎる素直な感想を彰比古は口にした。

「留子がＵＦＯに乗ってきた宇宙人に思えることがある」

「宇宙パワー研究会に入る？」

「入らない。黒森のやり方は嫌いだ。でも留子のやり方にも、納得してるわけじゃない。黒森と留子は、ちょっと似てるよ」

「どこが」

突然、留子は彰比古に蹴りを入れてきた。

「痛いだろ」

また蹴ってくることを恐れて、彰比古は留子と距離を取った。

「上から目線なところだよ。生徒会長選挙は、黒森とその手下対留子とその手下の闘いみたいだ。留子が正しいんだろうけど、命じられるままに動いているってことでは、ぼくも宇宙パワー研究会の連中と変わらない気がする」

「そんなことない」

留子が迫ってきたので、蹴られるかと彰比古は一歩飛び退いた。留子は蹴ってこなかった。かわりに道の小石を蹴った。そして蹴った小石を追っていった。

「そんなことないけど、そう見えるかもしれない。そう見えるかもしれないけど、そうするしかないんだもん。そうするしかないけど、そうしたいわけじゃないから。そうしたいわけじゃないけど、そうなっちゃうんだよ」

小石を蹴りつづける留子の背中が、さみしそうだった。彰比古はうろたえ、反省した。かわいい留子をいじめてはいけない。いじめられることはあっても。

「言い過ぎた。ただ、ぼくにだって少しは自分の意思があるっていうか、あるところを見せたいんだ」

背中を向けたまま、留子が言った。

「うちに寄っていきなよ。カレー、ごちそうしてあげる。昨日、つくった残りだけど。まだいっぱいあるし、今日は両親とも仕事で遅くなるんだって」


おずおずと上がった留子の家は、やはり集合住宅の一室だった。間取りも彰比古の家とあまり変わらない。ただ引っ越して間もないせいか、家電製品がすべて新品だった。それに余計な荷物があまりなく、こざっぱりとしていた。

居間の片隅にギターがあった。

「なんだ。留子もギター弾くんだ」

「あたしじゃない、父親のもの」

「へえ、洒落たお父さんなんだ」

ギターに伸ばしかけていた彰比古の手が、引っ込んだ。

「これ、高いよ」

プロのミュージシャンに愛用者が多い、ギターを弾く人間ならだれでもほしがるギターだった。ニュータウンの集合住宅の居間には、ちょっと不似合だ。

「そうなの。弾いてもいいけど。カレーが温まるまで、ちょっと時間かかるし」

留子のいるキッチンから、カレーの香りが漂ってきた。彰比古はそっとギターを手にした。控えめに、弦をストロークで鳴らしてみる。

「チューニング、おかしいな」

勝手に直すのも憚《はばか》られて、一弦ずつ鳴らしてみた。音の並びに、聞き覚えがあった。イセコーの使う変則チューニングのひとつと同じだった。

「うまいひとはやっぱり、変わったチューニングをするんだな。そのほうがおもしろい響きになるからかな」

彰比古はギターを戻して、ダイニングテーブルの椅子に座った。テーブルの上には、将棋盤があった。

「お父さん、将棋もするの？」

「それは、あたしの。勉強し直してるところ。彰比古は将棋できないんだよね」

「うん、できないし、興味ない」

「いつか興味を持つかもよ。ちょっと変わった理由で」

「なんだよ、それ」

カレーが運ばれてきた。鼻腔をくすぐるというより、挑発するような香辛料たっぷりの異国の香りが漂った。彰比古の家のカレーより色が濃くて、とろみが少なかった。

「これ、留子がつくったのか」

「そうだよ。あるひとに教わったレシピを、そのままつくってみてるんだ。うまくできてるといいけど」

カレーは最初辛くて、噛むほどに甘くなった。そして胃に落ちると、じんわりとからだを熱くした。口に運ぶほどに辛さと甘さと熱さが融合して、深みになっていった。16歳の舌には、贅沢過ぎる味だった。

「辛いけど、うまい。信じられないほど、うまい。食べたことないほど、うまい」

ただ、ひとつ問題があった。カレーには、ザーサイが添えられていた。

「福神漬けじゃないの」

留子は、ちらっと将棋盤を見た。

「いけない、福神漬けだよね。あたしはザーサイなの」

「ちょっと、変わってる」

「謎の転校生だから」

二度おかわりをしてから、彰比古はごちそうさまをした。満腹の腹をさすったあと、姿勢を正して留子に告げた。

「選挙運動だけど、昼休みの活動だけはぼくのしたいようにするから」

18

自分の部屋の前で、彰比古は鍵を開けることを躊躇《ため》っていた。

一夜明けても、情けなさは消えていなかった。彰比古は自分が人生に疲れ始めた46歳であることを実感すると同時に、人生がまっすぐな一本道だと思っていた16歳のような感情を抱えていた。

留子に会わす顔がなかった。どんな顔をつくればいいのか。

とはいえ、いつかは帰らなくてはならない。自分の部屋なんだから。お土産も持ってるんだし。彰比古は途中のターミナル駅でわざわざ下車して買った、ケーキの箱を手にしていた。お持ち帰りのお時間はとたずねられ、1時間と答えてしまった。まだ三十分は残っているが、そんなに長い時間は保冷剤ももたないだろう。夏なんだから。
黒森に復讐されたが、生きている。それだけでも、めっけものじゃないか。無理に
ポジティブシンキングして、作り笑いをつくった。
鍵を鍵穴に差し込み、バンジージャンプでもするみたいにカウントダウンした。
3、2、1。
「ただいま」

ドアを開け、靴を脱ぎ、なにも考えずに居間に入った。

「おかえり」

「おかえり」

ふたつの声がしたが、顔はどちらも彰比古には向けられなかった。思い切り明るい笑いを顔に貼りつかせていた彰比古は、気を抜いて幾多の後悔を積み重ねてきた中年の顔に戻った。肩が落ちて、背中が丸まった。

留子と光司は将棋を指していた。ヘボ同士なりに、勝負に熱中していた。

「ケーキ、買ってきたけど」

「あとで食べるから、冷蔵庫に入れといて」

留子に言われて、彰比古はキッチンに行った。冷蔵庫を開けると、買い置きの缶ビールが目に留まった。午後になったばかりの時間だったが、アルコールの力を借りた

くなった。

「暑かったから、飲んじゃおうかな」

ふたりにというより、自分に言い訳するように声を出し、缶ビールを取った。

ダイニングテーブルに着いて、プルトップを開けようとしたら、留子の声がした。

「そうだ、カレーつくったんだよね」

「カレー?」

鼻をひくつかせて、彰比古は嗅ぎ馴れた香辛料の香りがかすかにすることに気づいた。

「光児が教えてくれたの」

留子の顔がこちらを向いたことがわかった。彰比古は横目で留子を窺った。目が合った。ドキッ、とした。恥ずかしかった。慌ててプルトップを引き、穢れを洗い流すかのようにビールを勢いよく呷った。

「昼からビール?」

「冷たいものが飲みたかったんだ」

「もう赤くなってる」

「日焼けしたんだ」

彰比古は目を伏せた。嘘だ。日焼けも、アルコールも関係ない。恥ずかしくて、赤くなっているのだ。留子が眩しい。夏の日盛りの太陽より、ずっと眩しい。16歳の留子が眩しすぎて、46歳の自分が情けなさ過ぎて、赤くなってるんだ。

「カレー、温めるよ」

一手指してから、光児が立ち上がった。光児も眩しかった。16歳の自分みたいで、無垢で無防備な姿が眩しかった。

「パパさんに教わったカレーを、今度はぼくが留子に教えた」

光児はキッチンへ行き、鍋に火をかけた。

「なんだ、元はオジさんのレシピだったんだ」

「いや、それは……」

将棋盤を見つめる留子の姿を、ちらちらと横目で見ながら彰比古は答えた。

「昔、あるひとの家でごちそうになった衝撃的にうまかったカレーを、思い出し思い出しつくったんだ」

留子にごちそうになったカレーだった。それを留子が息子の光児から教わっている。どういうことだ。オリジナルレシピはだれの考案なのか。まったく、黒森はややこしいことをしでかしてくれた。

鼻腔を刺激するいい匂いがしてきた。

「あたしも食べる。この勝負はなし」

留子は将棋盤の駒をぐしゃぐしゃと崩した。慌てて光児がキッチンから顔を出した。

「なんで崩すんだ。ぼくが勝てたのに」

「小さいこと言わない。それより、カレーよそって。光児も一緒に食べよう」

留子が彰比古の向かいに座った。彰比古はビールを煽った。空だった。

「もう一本、飲もうかな」

逃げるように冷蔵庫へ走った。光児がさらにカレーを盛っているのを見ると、腹が減ってきた。情けないが、腹は減る。腹の贅肉はなかなか減らない。

「パパさん、運ぶの手伝って」

光児とふたりで、皿を運んだ。最後に光児はふたつの瓶を持ってきて、留子の隣に並んで座った。

なんだか、お似合いだった。自分よりずっと、光児のほうが留子と似合っている。

昨日のデートはうまくいったようだ。留子は元気を取り戻したようだった。ふたりの眩しさに、46歳にしてようやく、彰比古は青春の終わりを心の底から認めざるを得なくなった。

「留子ったら、変わってるんだよ。カレーの付け合わせに、福神漬けじゃなくて、ザーサイを食べるんだって」

光児は瓶のひとつを示した。それはたしかに、ザーサイだった。

一晩寝かせると、カレーにはコクが出る。三十年寝かせたカレーは、苦みの混じった大人の味がした。この味は、16歳にはわからない。

黒森の復讐から、留子は救ってやらなければ。初恋の相手への想いというより、関わりを持った大人の責任として彰比古はそう思った。

イセコーはどんな復讐をされたのだろうか。相変わらず、イセコーの電話は通じないままだった。

Ⅷ

「イセコー、ウータン、始めるぞ」

彰比古の合図に、ウータンは手の汗を拭った。

「ちょっと緊張するな」

「練習のつもりでいいさ」

イセコーもうなずいた。

「晴れた日だから、校庭で練習か」

校庭で遊んだり休んだりしている生徒たちに向かって、彰比古は大声を上げた。

「生徒会長に立候補した、西東彰比古です。いまから、選挙活動として歌を歌います」

ウータンがカウントを数え、三人は演奏を始めた。

何人かが寄ってきた。熱心に聴くというのではなく、昼休みの暇つぶしとしておもしろがっているようだった。それでよかった。彰比古は、自分が生徒会長の器ではないことは十分に自覚している。それでも、なりゆきとはいえ立候補した以上、なにかはしておきたかった。留子の狙いとはべつに、この機会になにかをすべきだと思った。

思いついたのが、3人でのライブだった。一応、文化祭での発表が目標になっていたが、それだけのために練習しているのはなんだか虚しく感じていた。だからといって、自分たちでひとに聴いてもらうための場をつくる行動力はなかった。

だったら、選挙活動として演奏してやろう。そう思ったのだ。

1曲終わると、ぱらぱらと天気雨程度の拍手があった。校舎の窓から、声援が飛んできた。留子だった。

「ブラボー！」

彰比古は手を振り、次の曲に入った。新たに寄ってくる生徒もいれば、去っていく生徒もいた。それでよかった。ちょうど校庭に出てきた黒森と取り巻きたちが、冷たい視線を寄越した。気にはならなかった。3曲やって、彰比古たちは演奏を終えた。選挙とは関係のない、手応えがあった。

教室に戻ると、留子に冷やかされた。

「ファンになっちゃいそう」

高揚していて彰比古は、軽口を返した。

「サインしてあげようか」

「それは投票用紙にしなさい」

留子の言葉で、いっきに厄介な現実に引き戻された。


選挙当日まで、彰比古たちは昼休みには校庭で演奏した。レパートリーは10曲しかなかった。そのなかの3曲を代わる代わる演奏した。集まってくる生徒の数はそれほど増えなかったが、遠まわしに見ている生徒もいれば、校舎の窓から顔を出してくる生徒もいた。少なくとも、評判にはなっていた。

黒森たちは苦戦している様子だった。ウータンの離反は内部に波紋を呼び、離れていく取り巻きが何人か出ていた。イセコーの分析では、本命の2年生が順当に当選しそうとのことだった。だが、留子は楽観していなかった。

「黒森はきっとなにか、仕掛けてくる」


選挙当日になった。

体育館に集まった全校生徒を前に、立候補者たちは演説をすることになっていた。応援弁士が壇上に上ることも許されていた。彰比古は演説したいことが浮かばなかったし、演説なんて考えただけで緊張するので、昼休みと同じに演奏をするつもりでいた。

順番はくじで決められる。

彰比古は3番を引いた。黒森は次の4番だった。最後が、本命の2年生だった。

それを聞いた留子の顔は厳しくなった。

「順番なんか、どうでもいいじゃないか」

「よくない。このままだと黒森が勝ちかねない」

1番と2番の演説は滞りなく終わった。出番が近づき、彰比古がギターを持とうとしたときだった。

ビン、と嫌な音がした。

弦が切れた。撥ねた弦で彰比古の頬が傷つき、血が流れていた。付き添っていた留子が、そうなることがわかっていたかのように、自分のハンカチを彰比古の頬に当てた。さらに、すかさず選挙を管理する生徒に頼んだ。

「これではギターが演奏できないし、傷の手当もしないと。すみませんが、4番のひとに先に演説してもらってください」

「順番はくじで決めたものだから、簡単に変更はしにくい」

なんとかする、と言いかけた彰比古を留子は制した。

「お願いします。ほら、こんなに血が出ているんです。この顔で演説しろと言うんですか」

留子は委員の目の前に、彰比古の頬を突き出させ、さらにすがるように委員の肩を揺すった。

「仕方ないな。特別だよ」

「ありがとうございます」

留子は委員に深く一礼すると、彰比古の頬にハンカチを当てた。

「弦はぼくが張り替える」

イセコーが予備の弦を取り出し、彰比古のギターを受け取った。

その脇を、順番を繰り上げられた黒森が通っていった。

「頬を少し切ったぐらいで、おおげさね。あたしの演説のあとでは、西東くんの拙《つたな》い歌なんて、だれも耳を傾けないわよ」

黒森は舞台に上がっていった。

「自信家で助かったわ。くじの順番通りにしろとごねられたら、どうしようかと思った」

ハンカチを外すと、留子は指につばをつけて、彰比古の頬に塗った。

「これで大丈夫」

留子は彰比古の手に折り畳んだ紙片を差し出した。

「この歌詞に、適当なメロディーつけて歌って。なるべく元気よく」

「いきなり、言われても」

「お願い、歌って」

彰比古の目をじっと見詰め、留子は紙片をぎゅっと握らせた。抗えないほど、かわいかった。慣れない演説前の緊張よりずっと、心臓をドキドキさせた。

舞台では、黒森の演説が始まっていた。前のふたりとあまり変わらない内容のことを話しているようだった。

「ほら、張り替えたぞ」

イセコーにギター渡された。そのときだった。黒森の口調が変わった。

「残りの時間、みなさんと一緒に祈りを捧げたいと思います」

留子の顔色が変わり、舞台を見上げた。

黒森は片手を胸に当て、片手を掲げていた。

「今年の1年生は変わったことをやるなあ」

委員は呆れていたし、体育館に集まった全校生徒も、最初のうちはなにが始まったんだとざわついていた。ところが黒森が片手を胸に当て、もう一方の手を上げると、指揮者がタクトを振りあげたときみたいにすっと静まった。

「宇宙パワー？」

彰比古は留子に問いかけた。

「集団催眠みたいなものよ」

「まずいじゃないか」

「彰比古の歌で、みんなを正気に戻すの」

黒森が声を上げげた。

「迷える心を救えるのは、黒森真唯なのです。投票用紙には、黒森真唯と書きましょう」

イセコーは難しい顔になり、ウータンはやや青ざめ、委員は笑いをこらえていた。どうやら舞台の袖に当たる場所には、なんの効果もないようだった。だが、全校生徒の様子は、明らかに変わっていた。静かに黒森を仰ぎ見ていた。

満足そうにうなずくと、黒森は舞台を下りてきた。

「思い切り歌って、みんなの目を覚まして」

留子に送りだされ、彰比古は舞台に上がった。イセコーとウータンが両脇に立つ。

「生徒会長に立候補した西東彰比古です」

彰比古の目の前には、全校生徒が並んでいる。それなのに、ひとの気配が伝わってこなかった。だれも彰比古を見てはいなかった。なにも見ていなかった。ずらりと人型の墓標が並んでいるみたいだった。

背筋を冷気が、獲物をねらう節足動物みたいにそろそろと這い上ってきた。同時に留子が黒森と執拗に敵対する理由が、わかった。やってはいけないことを、黒森はしている。

彰比古は留子に渡された紙片を開き、原稿を置く台に載せた。手が震えていた。深呼吸をする。目を閉じる。ぼくの歌でみんなを正気に戻す。目を開いた。

「演説のかわりに、歌を歌わせてもらいます」

イセコーとウータンに小声で告げた。

「GとCとD。このコードをまわして弾いてくれ。歌を乗せるから」

彰比古はギターを鳴らした。そして歌いだした。

19

朝早く、電話が鳴って彰比古は目を覚ました。

「西東彰比古さんですか」

相手は地方の病院名を告げてきた。

「伊勢光太郎さんが、こちらに入院されてます。身寄りがないとのことで、どなたに連絡されるかたずねたところ、あなたの名前を言われたのでお電話しています」

「入院って、どういうことですか」

彰比古の眠気は吹き飛んだ。思わず、声が大きくなってしまった。光児がいかにも安眠を妨害されたといった感じで唸りながら、伸びをした。

「登山道近くで発見されました。遭難したのか、あるいは」

相手は言葉を濁した。

「なんですか」

「自殺されようとしたのかもしれません。登山にしては、スーツ姿でしたので」

イセコーが自殺するわけがない、と彰比古は思ったが口にはしなかった。

「憔悴《しょうすい》していて軽い怪我もありますが、命に別状はありません。こちらに来ていただけますか」

「もちろん、行きます」

病院の所在地を聞き、彰比古は電話を切った。

「どうしたの。朝から怖い顔してるけど」

光児がふらふらと起きてきた。

「友だちが入院した。古くからの友だちで、身寄りがないんだ。様子を見に行ってくる」

支度が整うと、彰比古は光児に小遣いというか、生活費を渡した。

「留子を頼むぞ。おまえとデートして元気になってくれたみたいだが、まだ心配だ。

そばにいてやってくれ」

「わかった。また、遊びに行ってもいいかな」

「いいが、留子から目を離すんじゃないぞ」

玄関で靴を履いていると、留子も起きてきた。

「行ってくる」

留子の目がなにか問いたげだったが、彰比古はそのまま出かけた。

今日もまた、暑い一日になりそうだった。それでも心なしか、台風が来る前よりも
空の青が薄くなっている気がした。

少し長いドライブになった。イセコーが入院しているのは、夏山登山で有名な山々の麓にあった。

高速道路を下りて、市街地を抜けた。イセコーのおかげで、夏休みらしい場所に来れた。彰比古はクルマの窓を開き、高原の空気を吸った。深刻にならない。イセコー

になにを聞かされても冷静に受け止める。そう決めていた。

丘の上に病院はあった。保養地といった趣きだった。

眺めのいい個室が、イセコーにはあてがわれていた。

「よおっ、いい部屋じゃないか」

「ここがぼくの別荘じゃなくて残念だよ」

ベッドの上に半身を起こしたイセコーは少し痩せたようだったが、血色はそれほど悪くなかった。軽口も叩ける。

窓辺に倚り、彰比古は山々の景色を眺めた。

「ずっと電話していたんだが、繋がらなかった」

「それは悪かった。電波の届かない場所にいたんだ」

「通信会社のメッセージみたいなことを言うんだな」

「なるほど。抽象的過ぎるか」

「山登りの趣味はなかったよな」

「ない。小児喘息だったから、遠足に参加したこともない。大人になってからも、過度の運動は避けてきた。高地は空気も薄いしね」

「そのかわり、空気がきれいだ」

「そうなんだ。まだ一泊しかしていないが、この病院は快適だ。しばらく逗留《とうりゅう》したいくらいだ。近くに温泉もあるそうだし」

彰比古は窓辺を離れ、椅子を引いてベッドのそばに腰かけた。

「で、どこにいたんだ？」

「もう、隠し事はしないよ。三十年間、しんどかった」

ふたりは互いをしっかりと見据えた。バンドで演奏を始めるときみたいに。

「イセコーも、留子や黒森と同じ世界から来た人間だったんだな」

「それぞれ、立場は違うけどね。どうして気づいた？」

「息子の光司が、留子とイセコーが会って、異世界航行装置だっけ、黒いプレートを渡すのを目撃していた」

「留子にはぼくが同級生だとは告げていないし、トーザイの息子とは赤ん坊の頃に会ったきりだけど」

「光児にたまたま昔の写真を見せたんだ。留子とウータン、イセコー、ぼくが一緒の写真を。すると、留子と会っていたのはこのひとが大人になったみたいなひとだと言った」

「いまだ、16歳の面影が残っているわけだ」

イセコーは薄くなった頭を撫でてみせた。

「それと黒森に会って、復讐された」

「なにをされたんだ」

「ぼくの話はあとにしよう。そのとき、イセコーにはべつのかたちで復讐したと言っていた。もしかすると、イセコーはA-1世界に戻っていたのか。留子の黒いプレートを修復するために」

「そうだ。だから電波は届かなかった」

「特異点の異次元坂は壊されていたよ」

「他にも特異点はあるが、たいていは山間部にあるんだ。空間に無理な歪みがあるところが、次元が裂けやすい」

A-1世界で黒いプレートの修復を終えたイセコーは、この世界へ戻ろうとした。ところが異次元坂は塞がれていた。長居はできない危険な世界の断裂面に閉じ込められかけ、咄嗟に異次元坂から一番近い別の特異点である、この病院の上に聳《そび》える山の中腹に抜けた。そして急峻な地形に苦しみながら、なんとか登山口まで辿り着いて意識を失った。淡々と、イセコーはそう語った。

「それが黒森の復讐だったわけだ。ただでさえからだが弱いのに、スーツ姿だったから難儀したよ。天候が悪かったらと思うと、ぞっとする。まあ、また異世界航行装置を使って、A-1世界に戻ればいいんだけど」

そこでイセコーは、窓の外に目をやった。

「美しい眺めだよな。黒森は、本当はぼくをA-1世界から戻れなくしたかったのかもしれない。ぼくの選んだ、このD-16世界に」

イセコーは彰比古に視線を戻した。

「留子が自分や自分のいた世界について詳しい説明をしなかったのは、固く禁じられているからだ。会ったときに、ぼくも念を押した。だけどトーザイにはすべてを話すよ。留子と違い、もうぼくはA-1世界に戻るつもりはないし」

イセコーの覚悟を感じて、彰比古は姿勢を正した。

「ぼくや留子、黒森の生まれたA-1世界は、このD-16世界とよく似ている。ほぼ同じ地形で、ほぼ同じ歴史を辿り、ほぼ同じ環境だった。一番の違いは、この世界ではいまだ起きていない第三次世界大戦が起きてしまったことだ。それまでのふたつの対戦と違い、三度目の世界大戦は国家間ばかりでなく、民族間、宗教間、さらには同じ国家の同じ民族の同じ信仰の者同士の貧富の差による争いまであり、複雑な戦いになった。その結果、歯止めが効かず、核が何度も使われ地球を汚染した。戦時体制で核以外の空気や土壌汚染もひどくなった。もともとの温暖化もあり、異常気象も頻発するようになった。おまけに地殻変動期にあったのか、地震や火山爆発も各所で起きた。この状態が二十年以上つづいた。そんなときに生まれて、ぼくは小児喘息になった」

話についてこれているかを確認するように、イセコーは一度、話を切った。彰比古は大丈夫だとうなずいてみせた。現実感は持てないが、知識としてはわかった。

「このままでは、人類は滅亡する。その寸前で、各地で異世界との断裂面が現れ、本来は繋がることのない別の世界と特異点を通じて往来ができるようになった。無数に、さまざまな状態で世界は存在しているはずだが、繋がったのは人類が生存している、自分たちの世界に近い世界ばかりだった。一応の停戦は実現したが、A-1世界は荒廃しきっていた。そこで別の世界への移住が計画された。どの世界がもっとも移住に適しているかの、調査が開始されることになった。その世界の住民に知られず、こっそりと。いまから四十年ばかり前のことだ。ぼくの健康状態に悩んでいた両親は、すぐに調査員になることを希望した」

ニュータウンができるとほぼ同時に、イセコーは引っ越してきたと彰比古は聞いていた。

「特異点に近く、ほぼ全員がよそからの転入者で構成されているニュータウンは、異世界の人間が怪しまれずに暮らすのには、もってこいの場所だったんだ。この世界も公害などの問題はあったが、近くに工場もない丘陵を切り開いた住宅地は、ぼくの健康回復にも最適の土地だった。高校生になる頃には、文化部の活動ならできるくらいになっていた。そこでトーザイやウータンと知り合った」

「黒森とも」

彰比古の言葉に、イセコーの顔が暗くなった。

「戦争の反省から、移住調査はなるべく穏便なかたちで行われることになっていた。本来、存在するはずのない人間が動くことで、その世界にどんな変化をもたらすかも未知数だったからね。ところが、過激派が現れた。大規模に移住するとなれば、どうせその世界の住民との軋轢《あつれき》は免れない。だったらいっそ、支配してしまえと主張する一派だ。過激派は厳重な監視下に置かれた。そこで過激派は監視のゆるい未成年を異世界へ送り込むことを考えた。このD-16世界へは黒森が来て、支配の実験を始めた」

「それを止めるために、留子を呼んだのか」

「報告はした。黒森にやめるように注意もした。でも、積極的には動かなかった。この世界が気に入っていて、定住するつもりになっていたからね。騒ぎを起こして、A-1世界に還らなくてはならなくなるのが怖かった。すると、二学期から黒森の動きを阻止するために、留子が来ることを知らされた。あとはトーザイも知っての通りだ」

「留子が言ってることはおおげさ過ぎると思っていたけど、実際はもっともっとおおげさな出来事に、16歳のぼくは巻き込まれていたんだな」

「いままで話せず、すまなかった」

彰比古はもう一度、窓からの眺めに目をやった。

「それは仕方ないさ。でも、まだつづきがあるんだろ」

「黒森を動かしていた過激派は、なりを潜めた。今回は黒森の単独行動だ」

「そうではなくて、三十年後のいま、移住計画はどうなったんだい？」

そのとき、電話の呼び出し音が鳴った。

「ぼくのだ。電源を切ってなかったんだな。会社からかもしれない」

イセコーはベッドの脇のケースから畳まれた上着を取り、内ポケットを探って、携帯電話を見た。

「非通知になってる。だれだろう」

少し迷ってから、イセコーは電話に出た。

「はい、伊勢です」

彰比古に首を振った。

「切れた」

20

インターホンが鳴った。

光児は買い物に出ていた。留守番をしていた留子は、他にだれもいないので仕方なく立ち上がり、モニターを見た。

　中年女性の顔が映し出されていた。サングラスをしていた。まったく、見覚えはない。だいたい留子に、このD-16世界に知り合いがいるはずもなかった。年齢からして、彰比古の客だろう。もしかしたら、と思い、留子は応答することにした。

「どちらさまですか」

「西東も光児も留守なの？」

　やっぱり、と留子は思った。

「光児くんのお母さんですか」

「ええ、そう。それならそれで、ちょうどいいわ。時岡留子、さんよね。あなたに話があるの。下りてきてくれる。外で待ってるから」

　一方的に言うと、モニターから中年女性の姿は消えた。

　家出した息子と、父親の部屋とはいえふたりで寝泊まりしているのだから、母親としては文句ぐらい言いたくなるだろう。面倒くさいなあ、もう。でも、逃げるわけにもいかない。留子は部屋を出た。

　マンションの玄関から少し離れた場所で、中年女性は待っていた。すぐそばには、ワゴンタイプのクルマが停めてあった。

「お待たせしました」

留子が軽く頭を下げると、中年女性はサングラスを外した。

「待ったわ。三十年も」

「三十秒の間違いじゃないですか」

そう答えてから、留子は思い当たった。

「もしかして、あなたは」

強い視線でにらまれた。貧血になったときのように、視界が赤一色や青一色で明滅した。

「……黒森真唯」

留子の意識は暗黒に吸い込まれていった。

21

うろたえた声の光児の電話から1時間ほどして、また彰比古の携帯電話が鳴った。

運転していたクルマを路肩に寄せて停めた。番号は非通知設定にされていた。

「わかっていると思うけど、時岡留子は預かっているわ」

魔女の声が聞こえてきた。彰比古はゆっくりと黒森にたずねた。

「復讐は終わったんじゃなかったのか」

「あなたや伊勢くんへの復讐は終わった」

「異次元坂を壊したことで、留子への復讐も果たしただろう」

「いいえ、あれは応急措置に過ぎないわ。あたしの時岡留子への復讐は、三十年前のD-16世界に来れないようにすること。伊勢くんがこんなに早く還ってきた以上、あたしもうかうかしていられないの」

病室で鳴った電話は、やはり黒森からだったようだ。彰比古は切り出した。

「ねらいは黒いプレートか」

「そう、修復された時岡留子の異世界航行装置。あれと本人を交換しましょう」

彰比古は少し間を置いて、返事をした。

「仕方ない」

「情けない中年男にしては、素早く正しい判断だわ」

言葉の棘が彰比古の胸を刺したが、その痛みにかまっているときではなかった。

「少し遠い場所にいるんだ。すぐには無理だ」

「わかってる。深夜0時に、異次元坂で」

「いいだろう。その前に、留子の声を聞かせてくれ」

「残念ね。ぐっすり、眠っているわ。あたしの宇宙パワーで」

「無事なんだろうな」

「殺してしまったのなら、異世界航行装置なんて必要ないじゃない」

電話は切れた。

彰比古は胸から下げた、黒いプレートを握りしめた。心配はいらない、留子に語りかけるようにしてから、またクルマを走らせた。

Ⅸ

翌朝、選挙の開票結果が掲示板に貼り出された。

生徒会長には、本命の2年生が当選した。黒森本人が落選したばかりでなく、副会長、書記、会計に立候補させていた仲間も全員落選した。

「残念だったね、トーザイ候補。でも、おかげで高校の平和は保たれた。あははは」

あっけらかんと留子に笑われて、彰比古は渋い顔になった。

「落選はいいけど、最下位はないよな。あんなに一生懸命歌ったのに」

イセコーが慰めてくれたが、顔は笑っていた。ウータンは、心配そうな顔をしてくれていたが、彰比古が落選したからではなかった。

「声、大丈夫かい」

「喉が痛いよ」

柄にもないシャウトで絶叫しまくったせいで、彰比古の声は枯れていた。

とにかく、これで終わった。落ち込みながらも、肩の荷が下りた彰比古はどこか清々しい気分でもあった。

「今日からは部活に専念だ」

「その声でか」

「でも、文化祭も近いしね」

4人でふざけ合いながら教室へ向かおうとすると、行く手を阻むように黒森真唯が立っていた。取り巻きの姿はなく、ひとりだった。

「時岡留子、わたしはあなたを許さない。大久保くん、あなたの裏切りも許さない。他のふたりも」

「黒森さん、きみはもっと別のやり方をすべきだと思う。もっと平和的に」

黒森は氷点下の青い炎が燃える瞳で一瞥して、ウータンを黙らせた。ウータンは重罪宣告を受けた被告人みたいにうなだれた。

「さよなら。いずれまた会う日まで」

黒森は教室へは向かわず、登校してくる生徒たちとは逆方向に校庭を横切り、校門から出ていった。それっきり、黒森が高校に姿を見せることはなかった。

数日後、黒森の転校が担任から告げられた。

22

深夜、約束の時間の十分前に、彰比古のクルマは異次元坂の頂上に着いた。通行止めの看板の手前で停めると、彰比古はクルマを下りた。

黒森の姿はまだなかった。

彰比古は夜空を見上げた。空気の濁った夏の都会とは思えないほど、多くの星が瞬いていた。だが、このなかのどの星にも、留子の故郷はない。ことはべつの世界。見上げる星の数より、もっとたくさん存在するという、見ることもできない宇宙たち。そのひとつにある滅びかけた世界からやってきた、次元の迷子になりかけている留子。

夏の大三角形がどれかもわからないオジさんには、難解すぎる。織姫と彦星はどれだろう。知るはずもない。ただ、思うことはある。1年に一度会えるのなら、まだしあわせだ。彰比古と留子は三十年ぶりだ。しかも留子は16歳のままだった。

これで黒森のねらい通り、留子が三十年前に還れなくなったらどうなるのだろう。16歳のときの出逢いも、消えてしまうのか。この世界の現実がガラリと変わり、黒森率いる宇宙パワー研究会が高校を支配してしまうのか。時間は一方向にしか流れず、過去は不変だと聞いた覚えがある。それも因果律の断裂した世界から来た人間の行為には、物理法則の例外とかで当てはまらないのか。科学的な思考訓練を受けていない彰比古の脳は、失敗したあやとりみたいにこんがらがってきた。

坂を上ってくるクルマのヘッドライトに照らされて、彰比古は我に返った。クルマは坂の途中で停まった。運転席側のフロントガラスが開いて、黒森が顔を出した。

「持ってきたでしょうね」

彰比古は胸に下げた黒いプレートを、ヘッドライトに向けて示した。

「留子はどこだ」

黒森がクルマから下りてきて、うしろにまわった。ハッチバックが開かれ、留子が引きずり出されてきた。両手と両脚を縛られた上、ガムテープで口を塞がれていた。

「ちょっと、うるさかったもんだから」

黒森はガムテープを剥がした。

「痛いってば」

怒鳴ったあと、留子は彰比古に向き直った。顔が怒っていた。

「黒森真唯が46歳だなんて、聞いてない。あたしと同じ16歳で現れてると思ってた。だから光児のお母さんだって、騙されちゃった。捕まったのは、ちゃんと教えとかないオジさんのせいだからね」

留子の溜め込んだ鬱憤が、彰比古にぶちまけられてきた。

「そうか、悪かった」

普通は46歳になっているものだろうと思ったが、彰比古は謝っておいた。理由はどうあれ、留子を守れなかったのは、自分の責任なのだから。

「では、交換しましょうか」

彰比古は首から黒いプレートを外した。

「ちょっと、待って。それ、あたしのじゃないの」

「そうよ。あれとあなたを交換するの。せっかく修復されたのに残念ね」

「そんなことしたら、あたし還れなくなっちゃう」

「仕方ないだろう。留子の命には代えられない」

「もっと頭使うなり、暴力振るうなりして、あたしを助けて。オジさんだって、男の端くれでしょう」

「でも、黒森は宇宙パワーを使うから」

「あんなの、あたしだって異世界航行装置があればできる。催眠術は目と耳を塞げばかからない。あたしの命って言うけど、このまま還れなかったら、いつかはあたし、次元の迷子になって消えちゃうんだよ」

「そろそろ、静かにしなさい」

黒森はまた、ガムテープで留子の口を塞ぐと、足を蹴って道に転がした。

「おい、乱暴はやめろ」

転がされた留子は、縛られた両脚で黒森を蹴り返した。

「乱暴はどっちかしら」

留子の足の届かない位置に移動して、黒森は言った。

「心配しないで。異世界航行装置は預かるだけ。3年もして、転校してこれない年齢になったら、ちゃんと返してあげる。だから、次元の迷子になったりしない。あたしはあくまで、三十年前の実験を時岡留子なしで行いたいだけだから」

「信じよう」

彰比古は足元に黒いプレートを置くと、さっと留子に駆け寄った。黒森もすばやく動いて、黒いプレートを拾い上げた。

「たしかに受け取ったわ」

彰比古が縛られている留子の手足を自由にしているうちに、黒森はクルマに乗り込み、バックで異次元坂を下っていった。

「うううううう」

地団太を踏んで呻く留子から、ガムテープを剥がしてやった。

「痛いってば。それより、早くあとを追って。取り返して」

「その必要はない」

「なに余裕かましてんのよ。だったら、あたしが追いかける」

彰比古のクルマのドアが開いた。留子が驚きの声を上げた。

「あなたは、あたしの異世界航行装置を預けたひと」

イセコーはしっかりとうなずいた。

「ぼくは伊勢光太郎。隠していたが、トーザイやきみとは高校の同級生なんだ」

「だったらあなたが、この世界への定住を希望している調査員？」

「その通りだ。いま、黒森に渡したのは、きみのではなくぼくの異世界航行装置だ。このD-16世界で生きることを決めているぼくには、必要ないものだから渡しても惜しくはない」

イセコーは上着の内ポケットを探り、黒いプレートを差し出した。

「これが、きみのものだ」

恐る恐る手を伸ばし、黒いプレートを手にすると、留子はその場にしゃがみこんだ。

「よかった」

留子の頬を涙が伝った。

突風がその涙を飛ばした。さっきまで頭上で輝いていた星のいくつかは、雲に隠れてしまっていた。

23

光児は留子を強く抱きしめた。

「よかった。無事で、よかった」

「ちょっとおおげさだし、痛いよ」

留子は珍しく照れた声を上げた。

「ああ、ごめん。うれしくて、つい」

涙目になっている光児を見て、彰比古は心が痛んだ。おまえのせいじゃないんだ。それに留子とは、別れのときがきた。おまえの初恋は終わりだ。もう、光児が留子に会うことはないだろう。彰比古にとっても、同じことだ。長い初恋もようやく終わりだ。親子揃って、失恋だ。

「さあ、あまりゆっくりしてる時間はない」

病院を抜け出してきたイセコーは憔悴していたので、家に送って休ませた。別れ際、イセコーは言った。

「黒森はべつの特異点からA‐1世界に戻るはずだ。渡した異世界航行装置が留子のものでないことに、遅かれ早かれ気づくだろう。黒森が戻ってくるかどうかはともかく、また台風が近づいている。あれ以上異次元坂が壊れると、特異点自体が閉じてしまうかもしれない。急いだほうがいい」

　不安を隠せない留子に、彰比古はわざとらしいくらい強く胸を叩いてみせた。

「心配するな。留子はちゃんと還す。留子との思い出が、消えてしまうようなことにはならない」

　その前に、光児のひと夏の思い出に幕を下ろさなければならない。

「また、どこかに行くの？」

　光児の問いに留子は顔をそむけ、寝室へ向かった。

「支度、してくる」

　光児の顔が彰比古を向いた。そうだ、ぼくは16歳の息子の父親なのだ。

「突然だが、留子は帰ることになったんだ」

「だったらぼくも、一緒に送っていく」

　気持ちは痛いほど、わかった。別れはつらい。とくに初恋の相手との突然の別れは。そのことは彰比古自身もよく知っていたし、忘れていなかった。だが、連れていくことはできない。

「ここで、さよならしよう」

　そう告げたのは、寝室から出てきた留子だった。満月の夜の服装に着替えていた。

「あたしと光児の夏休みは終わり」

手を振ると、留子は玄関へ向かった。光児が追っていく。

「また、会えるよね」

振り返らずに、留子は靴をつっかけて、ドアノブに手を置いた。光児に背中を向けたまま、留子は明るい調子で言った。

「もう、会えない。遠くに行くの。そこで冒険と恋愛の日々を送るんだ。光児も早くカノジョつくりなさい」

ドアを開け、留子は飛び出していった。開いたドアから、風が吹きつけてきた。雨の音も聞こえた。天気は急変したようだった。

「行ってくる」

肩を落とす光児の髪をくしゃくしゃと乱暴にかきまわして、彰比古はドアを抜けた。駐車場に下りると、留子も肩を落としていた。

「行くぞ。雨脚が強くなる前に」

ふたりはクルマに乗り込んだ。雨はまだそれほどの降りではなかった。

「異次元坂は壊れてるのに、オジさんになんとかできるの？」

留子はいくぶん鼻声になっていた。あえて光児のことには触れないつもりのようだった。

「できる。宇宙パワーは使えないが、こんなときに使える能力を持っているんだ」

「中年パワーとか？」

「すぐにわかるさ。ずっと留子に驚かされてきたが、最後くらい、留子を驚かせてやる」

クルマはまっすぐニュータウンへは向かわず、大きな駐車スペースのある敷地に入っていき、そこで停まった。

「乗り換えるぞ」

彰比古は、隣を指さした。

「これに？」

「そうだ。キイは借りておいた。上に積んであるやつのも」

「大丈夫なの？　事故を起こしたりしない？」

「免許は持ってる。久し振りだから、念のため、教習所で練習もしておいた」

ふたりは隣に停まる、ショベルカーを積んだ大型トラックに乗り換えた。彰比古はこころなし生気を取り戻した顔になって、大きなハンドルを握った。

「勤務先は建設会社だ。いまは事務職だが、若い頃は現場を仕切っていたこともある。そのとき、なにかの役に立つだろうと免許は取っておいた。たまには動かしていたんだ」

雨の夜更けに、大型トラックは慎重に走り出した。

異次元坂の頂上に着いたときには、雨は天の魔物のくしゃみみたいに地面を叩き、風も年老いた魔女の口笛みたいに吹きつけて、土砂崩れを免れた木々を揺らしていた。

彰比古はショベルカーに乗り込み、通行止めのところまで動かした。

留子がロープをはずした。

ゆっくりと荒れた斜面を下り、崩れた土砂を取り除く作業にかかった。息苦しいほどの雨粒に間断なく打たれて、留子は作業を見守った。胸に下げた黒いプレートを、祈るように握りしめながら。

1時間ばかりが経過した。その間にも、風雨はさらに勢いを増していた。

彰比古の奮闘で、坂の下に溜まっていた土砂の中央に、切通しのような溝ができていた。

黒いプレートが、仄かに光った。留子は叫んだ。

「反応があった。特異点が開いた」

ショベルカーが動きを止めた。彰比古が下りてきた。

「オジさんのことを、少しは見直したか」

「見直すまでもなく、本当はずっと頼りにしてた」

ふたりは向き合った。

「お別れだ。もう、会えないな」

「あたしは会えるよ。16歳のオジさんに」

「そうだった。あんまり、いじめないでくれよ」

留子の腕が伸びて、彰比古のからだに巻きついた。

「……留子」

その瞬間、彰比古は16歳に戻った。気がつくと、しっかりと留子を抱きしめ返していた。

留子が、彰比古のくちびるにくちびるを重ねてきた。それはほんの短いキスだった。

彰比古の胸が、本当に久しぶりにドキドキと高鳴った。

留子のからだが離れた。そのまま、彰比古の掘った溝を進んでいく。留子は振り返り、黒いプレート、異世界航行装置を握った。

「きっと、オジさんもまたあたしに会えるよ」

「信じよう。初恋のひとの言葉だから」

空間がぐにゃりと歪む感覚があり、留子の周囲の闇が濃くなっていった。やがて漆黒のかけらがあちこちに出現し、留子へと迫り、黒い球体となって留子をすっぽりと包み込んだ。

留子は消えた。

「すべては終わった。ハッピーエンド、だよな」

彰比古はショベルカーへと戻った。

そのときだった。いま留子が消えた場所に異変が起きた。また空間が歪み始めていた。と思うと、黒い球体が現れた。

「留子、還ることに失敗したのか。それとも、まさか、もう会いにきてくれたのか……」

黒い球体が弾け、なかから現れたのは留子ではなかった。黒森真唯だった。

「遅かったな。留子はたったいま、三十年前の夏に還っていったよ。いまごろ、16歳のぼくと出会ってるはずだ」

そう聞いても、黒森はあまり悔しそうではなかった。ただ、落胆していた。

「そういうことか。因果律の断裂した世界であっても、過去を変えることはできないのね」

「そんな難しいこと、ぼくが知るわけないだろう」

「とか言いながら、西東くんが異次元坂の特異点を開いたとは、思っていたよりやってくれるじゃない。見事に騙されもしたし」

黒いプレートが、黒森の指先で振られた。

「それはイセコーの知恵だ」

「時岡留子は、いい友だちを持ったわね」

「ウータンも含めてね」

黒森は溝を歩いてきた。彰比古はショベルカーから下りた。黒いプレートが投げて寄越された。

「伊勢くんに返しておいて」

「留子はいないんだ。A-1世界に還らないのか」

「疲れた。とりあえず、この世界の家で寝るわ。すぐそこだし。そのあと、どうするか決める。心配しないで、復讐する気力はもうないから」

横殴りの風が吹いて、黒森は倒れかけた。

「送っていこうか。大型トラックでよければ」

「ひとりになりたいの」

雨と風になぶられながら、黒森は坂の頂上へとちいさくなり、向こうへと消えた。

夏の夜明けが近づいていた。

X

ニュータウンの木々も紅葉し始めた十一月の始め、文化祭で彰比古たちはステージに立った。生徒会の選挙活動で毎日昼休みに校庭で歌ったせいか、自分たちでも納得のいく演奏ができた。観客の反応もよく、アンコールまで起きた。

アンコールの曲は用意していなかった。

「選挙演説の歌をやって！」

最前列にいる留子から、リクエストの声が上がった。賛成する声がいくつかつづいた。

彰比古はイセコーとウータンを見た。ふたりともうなずいていた。あれ以来やっていないが、もともと即興だ。歌詞はなんとなく覚えていたし、メロディーは適当につければいい。というか、最後は絶叫だ。

彰比古はギターをストロークで力強く鳴らした。

信じる者は救われるなんて
信じるだけで救われるなんて

信じられるわけがない
信じる前に考えろ

信じるならば自分を信じろ
信じられる自分になれ
信じられる自分であるか
信じる前に考えろ

信じるためには愛がいる
信じられないほどの愛
信じたくなるような愛
信じる前に恋をしろ

あの日のように、繰り返し、最後は留子に向かってシャウトした。留子は笑っていた。かわいい顔で笑っていた。彰比古の胸はドキドキしっぱなしだった。

演奏が終わってステージを下りると、留子が駆け寄ってきて彰比古に抱きついた。

うだった。

「すごく、よかった。感動しちゃった」

彰比古は頬だけでなく、額から首筋まで真赤になった。いまにも鼻血が吹き出しそうだった。

「秋だというのに、暑苦しい」

「トーザイの歌以上だ」

イセコーとウータンに冷やかされて、仕方なさそうに留子はからだを離した。

「ふたりもよかったよ」

留子は、今度は3人まとめて抱きしめてきた。

第二音楽室へ楽器を置くと、イセコーとウータンはトイレへ行くと出ていった。気を利かせてくれたことくらい、彰比古にもわかった。

窓の外は夕闇に染まっていた。校庭では、後夜祭の準備が着々と整えられていた。

告白には、うってつけのシチュエーションだった。そのことも、彰比古はわかっていた。それなのに、切り出す勇気はなかなか出てこなかった。

沈黙が来る前に、その気配を振り払うように留子が言った。

「選挙演説のときも思ったけど、トーザイは声量があるね。アンコールはみんな、ノッてた」

「留子の書いた歌詞のせいだ。黒森を落選させるために書いたんだろうけど、それを超えてみんなに響くものがあるんじゃないか」

「ああ、歌詞ね。実は歌詞の力で、黒森真唯は落選したわけじゃないの。歌詞はなんでもよかったの。集団催眠を解くために、彰比古に大声でみんなの脳を刺激してもらっただけ」

「ええっ、そうだったのか、気持ちを入れて歌ったのに」

「それも、少しは効果あったかも」

がっかりすると同時に、全然それっぽい雰囲気に持っていけないなと彰比古はあせった。だが、告白の前に、この際だから聞いておきたいことがあった。

「留子は、黒森の実験を阻止するために、転校してきたのか」

「あたしは謎の転校生だから、そこは謎でいいんじゃない。謎を残したほうが、魅力的で忘れられない存在になるし」

留子ははぐらかした。彰比古は質問を変えた。

「初めて異次元坂で会ったとき、留子は黒い球体のなかから現れた気がするんだけど、ぼくの見間違いかな」

「どこからともなく現れたからこそ、謎の転校生でしょ」

「でもそれだと、留子は普通の人間じゃないってことなる」

「どうしても知りたいのなら、仕方ない」

フフフ、と留子は笑うというより不気味に喉を鳴らした。

「実はあたしは白鳥座のベガからやってきた宇宙人なの。この姿は仮の姿」

留子は耳のあたりに手をやった。

「あたしの正体を知っても、驚かないでね」

耳をぎゅっとつまむと、留子はマスクを引き剥がす仕草をした。

「ビリビリビリ……なあんて」

ぐっと顔を寄せると、留子は彰比古の手を掴んで自分の耳を握らせた。

「引っ張ってもいいよ」

「留子、耳たぶ厚いんだな」

ふくふくと柔らかくて、さわり心地のいい耳だった。この耳が、作り物なはずがない。そのやわらさが、彰比古の緊張を解いたのか、自然に口が動いた。

「留子、好きだ。異次元坂で初めて会ったときから」

留子ははにかみながら微笑んだ。世界で一番かわいかった。

「あたしも好きだよ」

最高の答えが返ってきた。永遠に心でリフレインさせていたいセリフの余韻が残るなか、校内放送のアナウンスが流れてきた。

「まもなく後夜祭が始まります。校庭にお集まりください」

「行こうか」

「そうだな」

ふたりは手をつないで、第二音楽室をあとにした。

フォークダンスを、ふたりはペアで踊った。

このまま時間が止まってしまえばいい。彰比古は心からそう願った。自分の人生において最高の時間が、いまゆっくりとワルツのリズムで流れている。このままずっと、留子と踊っていたかった。この時間を得るために、いままでの時間を費やしてきた気がした。たったの16年間だけど。

後夜祭が終わった。

ふたりは一緒に校門を出た。あたりはすっかり暗くなり、夜道を白い満月が照らしていた。等間隔につづく街灯をひとつずつ辿るように、ひっそりとしたニュータウンの住宅地をふたりは歩いた。冷たい風が、かえって心地よかった。

遠まわりをしたのに、やがて、留子の家がある集合住宅の前に着いてしまった。

名残惜しかった。でも、明日がある。彰比古はたずねた。

「明日は文化祭の振り替え休日だけど、会わないか?」

留子は首を横に振った。

「明日は会えない。三十年後まで会えないと思う」

最初、彰比古は聞き間違えたのかと思った。そうではなかった。

「謎の転校生は謎を残したまま、また転校していくことになったの」

「嘘だろ」

「白鳥座のベガに還るの」

「嘘だろ」

「それは嘘。でも、遠いところに引っ越すのは本当」

彰比古は留子の肩を掴んだ。

「どこだよ。どんなに遠くても、会いに行くよ。教えてくれ、どこに引っ越すんだ。このまま会えないなんて、あんまりだ。ぼくは留子が好きなんだ。大好きなんだ。留子だって、ぼくのことを好きだって言ってくれたじゃないか」

彰比古を黙らせるように、留子のくちびるが彰比古のくちびるを塞いだ。激しいキスだった。16歳には、激し過ぎるキスだった。互いの魂を求め合うキスだった。留子の熱い想いが、彰比古の体内に流れ込んできた。こんなに好きなのに、なんで留子はいなくなってしまうんだ。

込み上げてくる悲しみに胸が詰まって、息苦しくて、彰比古は留子のくちびるを引き剥がした。

「たった一度キスしただけで、さよならなんて」

彰比古は泣きそうだった。見上げた月がぼやけていた。

留子はそっと後ずさりして、彰比古から離れていった。

「三十年後の八月の満月の夜、深夜0時に異次元坂に来て。忘れないで。それまで、さよなら」

くるりと向きを変えると、留子は集合住宅の階段を駆け上がって消えた。

「あたしにとっては二度目のキスだよ」

留子の囁きが、彰比古に届くはずもなかった。

実ったばかりの初恋を残して、留子は消えた。

24

昼間ならば眺めがいいはずの公園のベンチで、白い満月を眺めながら彰比古は缶ビールのプルトップを開いた。

静かな夏の夜だった。彰比古は47歳になっていた。わずか1年前の出来事が、どこか夢のように思えるほど、彰比古の周囲には平凡な時間が戻っていた。可もなく、不可もなく。白髪は少し増えたが、毛髪量は減っていない。そんな穏やかな下り坂を、あとはゆっくりと下っていくだけなのかもしれない。

変わったことといえば、息子の光児があまり遊びに来なくなった。大学受験の準備に入ったからというのが表向きの理由だった。留子との思い出が詰め込まれた場所を訪れる気になれないのか。遅ればせの反抗期なのか。彰比古はそれも仕方ないと思っている。子供はやがて巣立つ。人生のどこかで、ひとはひとりであることと向き合わなくてはならない。

語り合えるはずのイセコーが会社を辞めて引っ越してしまったのも、彰比古にはさみしいことだった。気が変わって、A-1世界に還ったのではない。彰比古が見舞った病院のある高原に家を建て、無農薬の野菜づくりと珈琲豆の通販を始めたのだった。留子のことも、黒森のことも、イセコーは語りたがらない。消息を知っているのかもしれないが、彰比古もあえてたずねなかった。

かつてニュータウンのはずれに、異次元坂という異世界とつながる特異点があった。それも、語られない歴史となってしまった。異次元坂はもとの丘に埋め戻され、緑地化されて公園になった。彰比古はそこのベンチにいま、腰を下ろしていた。

ひとりで飲むビールは、ほろ苦いはずだった。だが日盛りから夕暮れまで、ニュータウンを歩きまわって乾いたからだは、味わう隙もなくビールを吸収してしまった。ずっと懸案されていたらしい再開発計画が動き出し、あちこちで工事が始まっていた。うまくいけば、ニュータウンはオフィスと大型商業施設を誘致した、職住近接のマンション群に変貌を遂げることになっている。どうかな。彰比古は疑問に思っている。明るすぎる未来図は、あまり信用できない。

次の缶ビールを開けた。ビールは半ダース、買い込んであった。

今度は目を閉じて、ゆっくりとビールを味わった。ほろ苦いはずが、甘酸っぱくもあった。

目を開くと、月が隠れていた。

違った。月と彰比古のあいだに、ひとが立っていた。

「おいしそうね。あたしにも一本、くれる?」

聞き覚えはあるが、半音下がったぶん落ち着きを湛えた声が耳に届いてきた。彰比古の脳は、うまく機能しなくなった。ずっと待ちわびていて、1年前にすっかり諦めたことが、突然起こった。異次元坂の出入口は、すっかり塞がれてしまったというのに。

ドキドキ。激し過ぎる心臓の鼓動が、内側から鼓膜を振動してきた。すべての血が、心臓に集まったかのようだった。脳が働かないのも、無理はなかった。

こんがらがったシノプスの信号を整理するより、見たまま、聞いたままを受け入れたほうがいい。何秒か、あるいは十秒以上かかって、彰比古の口が動いた。

「留子?」

「今度は16歳ではなく、お酒の飲める年齢だから」

留子が動き、白い満月の光が、彰比古の目に飛び込んできた。留子は、彰比古の隣に腰かけた。彰比古のビールを取り、おいしそうに飲んだ。

「何歳？」

他に訊くことがあるだろう。いろいろと。そう思ったが、浮かんでこなかった。

「会っていきなり、女性に年齢をたずねるなんて。トーザイと同じ歳に決まってるでしょ。同級生なんだから。それとも、20歳とか30歳のほうがよかった？」

「いや、同じ歳のほうが、わかりやすくていいけど」

「いきなりオバさんでごめんなさい」

「ぼくもオジさんだよ」

空になった缶を振る留子に、彰比古は新しい缶ビールを渡し、自分にもひと缶開けた。

「あたしはオジさんのトーザイに、16歳のときに会ってるから。よかったわ、1年でひどく老け込んでいなくて」

「留子も、その、変わらない」

「嘘つかないで」

「嘘だ、変わった。でも、素敵に変わっている」

ドキドキはつづいていたが、ようやく彰比古の脳も動き出してきた。

「今度は、なんのために来たんだい？」

留子は、直接は問いに答えなかった。

「イセコーに会ってきた。髪の毛は全滅しかかってたけど、1年前よりずっと生き生きしていた。やることはいっぱいあるみたいだった」

「そうか。引っ越してから、まだ会いに行ってないんだ」

「黒森真唯は探したけど、見つからなかった。いろいろあったけど、調べもしないで黒森に弟なんていないとウータンに断言したことは、謝りたかったんだけど」

「イセコーはともかく、なぜ黒森を探したんだ」

「それが今度の目的だから」

二本目を、早くも留子は飲み干した。彰比古は、新しい缶ビールを渡した。

「いい、トーザイ。イセコーもあなたに話せなかった事実を伝えるわ。落ち着いて聞いて」

留子の声の調子が、抑揚をおさえたものに変わった。彰比古は、急いでビールを飲み干した。

「いいよ、心静かに聞く」

彰比古は夜空を見上げた。何光年、何万光年、何億光年彼方からの光が入り混じって輝く夜空。そのどこにも、留子の世界はない。光が届かない、距離さえ意味のない世界から、因果律を跨いで留子はやって来た。ああ、眩暈でくらくらする。

「A-1世界の地球は、滅亡しかけている。だからとてもよく似た環境や歴史を持つ異世界への移住を、ずっと検討してきた。この世界も候補のひとつで、イセコーはそのための調査員の一員でもあった。ここまでは、知っているわよね」

「知ってる。その先をイセコーにたずねようとしたこともあった」

「今回、正式に結論が出たの。この世界は、移住先に不適当だと。イセコーみたいに、このD-16世界に潜んでいるA-1世界のひとを、帰還させるのがあたしに与えられた任務なの」

「不適当か。怖いけど、理由を話してくれるんだろうね」

「禁じられているけど、話すわ。あたしにとっても、大事なことだから。喉が渇くわね」

あらためて覚悟を決めるように、留子はビールを口にした。

「この世界もまた、滅亡へ向かっている。第三次世界大戦こそ起きていないけど、紛争地の数や規模は拡大しているし、国際関係の複雑度も増している。貧富の差は、ますます激しくなっている。温暖化は止まず、異常気象の常態化に加えて、地殻の変動期にも入っている。核は兵器としてばかりでなく、平和利用のかたちでも拡散しつづけ、事故が起きても反省もない。滅亡のリスクは三十年前とは比較にならないほど高まっているのに、人類に自覚が見られない。このままだと、五十年以内に絶望的状況になる確率は90%を超えている」

ビールが喉を通らず、彰比古は噎せかけた。

「すでに過ちを犯した第三者の結論だから、かなり精度は高いと思って」

彰比古は、空になったビール缶をぐしゃっと潰した。

「なのに、ぼくにできることといったら、空き缶をきちんと持ち帰ることぐらいだ」

満月が曇りそうなほど深い溜息が、彰比古の口から洩れた。

「あたしが本当に彰比古に伝えたいのは、このあと」

もっと悪い報せがあるのか、と彰比古は身を固くした。世界滅亡より悪いことは、具体的には思いつくはずもなかった。

留子は缶ビールをベンチに置き、からだを彰比古へ向けた。目と目が合った。三十年分の想いのこもった、深い色を湛えた瞳が月明かりに輝いた。

「それでもあたしは、トーザイを愛してる」

思いもしない言葉だった。時空間が歪んでしまいそうなほど、とても重たい「それでも」だった。最悪のニュースを伝える新聞をめくると、最高の愛の告知が折り込まれていた。

「もちろんぼくは、留子が大好きだ。愛してる。いろいろあって、息子もいるけど、ずっと好きだった」

「光児はそろそろ、親離れしていい頃だわ」

彰比古の手に、留子の手が重なった。

「あたし、この世界でトーザイと暮らす」

握りしめられた手を握り返してから、彰比古は握る力を弱めた。

「でも、この世界は滅びてしまうんだろ」

「まだ、希望はあるわ。それにあたしの世界のほうが、先に滅びる」

「留子は、また別の世界に移住できるじゃないか」

「できるけど、そこにトーザイはいない。帰還を促しに来たけど、イセコーだけでなく何人も拒否するひとがいた。この世界でこそ生きている実感を持てたひとがいる。あたしもそう。理由はひとそれぞれだろうけど、あたしはトーザイがいるから」

ひとりじゃなかった。ぼくには留子がいた。彰比古は留子を抱きしめていた。あんまり強く抱きしめたので、勢いでふたりはベンチから下の芝生に転げ落ちた。

「ありがとう。ぼくは留子を守る。まったく力不足だけど、全力で守る。黒森からでなく、この世界から守る」

そう口にしてから自分のしたことを思い出し、彰比古の胃は石を飲み込んだように重たくなった。芝生を反転して、上になって抱きしめ返してくる留子を押しとどめた。

「でも、その前に打ち明けておくべきことがあった」

もどかしそうに、留子は眉根に皺を寄せた。

「黒森はぼくに復讐した。復讐の方法は、留子を裏切らせることだった。ぼくの意識を失わせ、手足を縛って、無理に、その」

留子の体温が急速に下がっていくのがわかった。

「黒森真唯と寝たの？」

彰比古は俯いた。つらい告白だが、しなければならない。

「それが、できなかったんだ。どうされても、役に立つ状態にならなかった。それ以来、怖くて試してない。もしかしたら、ぼくはもう男性としての役割を果たせないからだかもしれないんだ」

留子の返事はなかった。恐る恐る窺うと、留子はからだを小刻みに震わせていた。怒っているのか、泣いているのか。

どちらでもなかった。留子は笑いを堪えていたのだ。

「それなら心配ない。あたしは黒森真唯より、魅力があるみたい。トーザイ、さっきからすごく元気なのに気づかない？」

留子が視線を彰比古の下半身に持っていった。

留子の視線と一緒に意識を移して、彰比古は自分の状態に気づいた。

「大丈夫みたいだ」

ふたりは47歳の大人同士として、どちらにとっても三度目の熱いキスを交わした。

∞

彰比古はニュータウンに引っ越した。かつて住んでいた部屋ではないが、似たような部屋を借りた。こぢんまりとした間取りは、留子とふたりの暮らしにはちょうどよいサイズだった。

留子はカフェを始めた。閉店したあと借り手もなく放置されていた、かつて生徒会長選挙の作戦を練った喫茶店を、こつこつと彰比古とふたりで改装した。メニューにはナポリタンもあるが、名物はだれのレシピか不明のカレーだ。これが人気を呼び、ニュータウン以外からのカレーファンも足を運んでくれるようになり、そこそこの繁盛をしている。休日は彰比古も手伝いに出る。たまに光児も顔を見せる。コーヒー豆と野菜は、イセコーのものを店で使っている。

季節に一度はクルマを飛ばし、ふたりでイセコーのところに遊びに行く。それが一番の楽しみになっている。あとは満月の夜、晴れていれば異次元坂の上にできた公園で過ごす。

あいかわらず、新聞を開けば暗いニュースが多い。彰比古にできることは少ない。

留子がそばにいてくれれば、それでいいと思う。たとえ近い未来に消えてしまう世界でも、いまのところふたりの上を、時は乱れることなく静かに流れている。

本作は書き下ろしです。

本作品はフィクションです。実際の人物や団体、地域とは一切関係ありません。

［アグリ］

著：相澤りょう

毎年20万人が訪れる山形県名物「日本一のいも煮フェスティバル」を目指せ！　最高の里芋作りに挑戦する、農業高校生たちの食と笑顔溢れる青春グラフィティ！

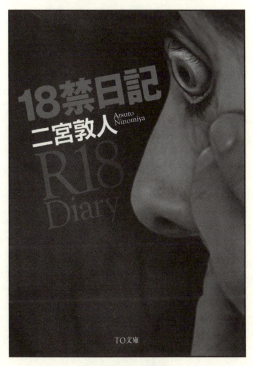

[あなたの友達、1000 万円で買い取ります。]
著：Team-J

高校時代の仲間が誘拐された！　身代金を支払って救出するか。一方で見捨てれば 1,000万円が手に入る。信頼と裏切りの果てに訪れる真相に【泣ける青春 × サスペンス】！

殺ル
YARUCHARA
キャラ
川上亮
RYO KAWAKAMI
TO文庫

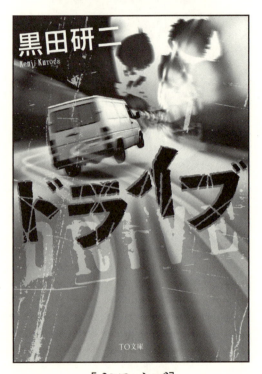

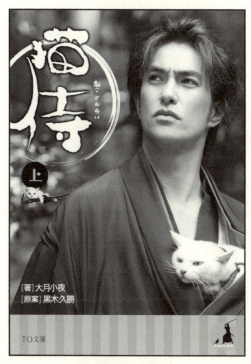

TO文庫

時をかけたいオジさん

2015年1月1日　第1刷発行

著　者　板橋雅弘
発行者　東浦一人
発行所　TOブックス
〒150-0011 東京都渋谷区東1-32-12
渋谷プロパティータワー13階
電話03-6427-9625(編集)
0120-933-772(営業フリーダイヤル)
FAX03-6427-9623
ホームページ　http://www.tobooks.jp
メール　info@tobooks.jp

フォーマットデザイン　金澤浩二
本文データ製作　TOブックスデザイン室
印刷・製本　中央精版印刷株式会社

Printed in Japan　ISBN978-4-86472-334-3